佐藤愛子

それからどうなる

我が老後

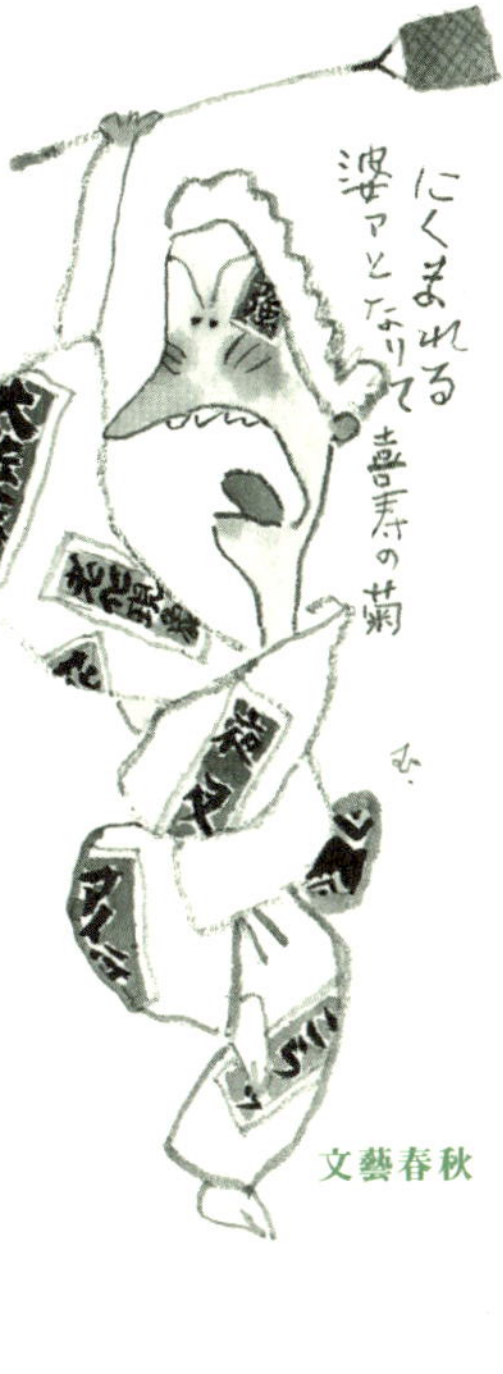

文藝春秋

それからどうなる　目次

装幀　村上　豊
ＡＤ　大久保明子

それからどうなる

―我が老後―

怒濤のはじまり

まことに二〇〇一年という年は怒濤さか巻く年であった。怒濤はアメリカを襲い、中東を襲い、我が国の政界、ひいては庶民の暮しを襲い、そうしてそれらの末端に生きるこの私をも襲ったのである。

いやはやまったく、ひどい年だった。それはこの年が始まるひと月前に貰った「菊池寛賞」という波から始まっている。文壇にはあまたの「賞を貰い馴れている作家」がおられ、そういう人たちは悠然と構えて受賞をたのしんでおられるようだが、私などさような栄誉から遠く生きて来た者には、その忙しさ騒がしさ、家が丸焼けになった方がまだマシなんじゃないかと思えるほどだった。だがその仔細についてははぶく。記すにもいちいち覚えていない。洪水に巻き込まれてダーッと流れて行き、「年をとってから賞なんか貰うもんじゃない！」と口走った記憶があるだけである。
私の人生の生き方の理想は「野人として生きる」ということである。広辞苑には、「野人」
①田野にある人。田舎者。「田夫野人」
②朝廷・政府に仕えない人。民間の人。在野の人。
③礼儀を知らない人。粗野な人。粗暴な人。
④やぼな人。ぶこつもの。
⑤未開の人。
と五項目に分類されているが、私が理想とする「野人」は、そのうちの②に当る。

しかし、実相は②よりも③に近く、それゆえ当然、私の人生は困苦波瀾の波に洗われつづけた。あなたの苦難は誰のせいでもない、あなた自身が招いているものなのだ、と人からいわれるまでもなく、自分でも百も承知であったが、いくら承知していても改めることが出来なかった。

我が血脈に於ては自我を矯《た》めず感情を殺さず、欲するままに生きればよい——いや、よいとはいえないがそう生きるより「仕方がない」からそう生きるのだ、という容認、いや諦め？　ヤケクソ？　いや自負？——そのようなものが流れていて、その中で私は育ち生きて来たのだ。

にくまれる婆アとなりて喜寿の菊

これは二〇〇〇年の秋、喜寿を迎えての私の感懐である。年をとってにくまれる婆アとなったのじゃない、昔からにくまれる女だったじゃないか、といわれそうだが、ここでは愈々その境地に腰を据えた、と解していただきたい——。

なにやら話がぐだぐだとだらしなく横道に逸れて行ったようだが、じいさん、ばあさんの話というものはえてしてこういう流れになるものだ。（そうしているうち

に何をいおうとしていたのかわからなくなる）

さて、夏になって私にも漸く一息つける時が来た。毎年、私は北海道の浦河町の岡の上の一軒家、築後二十七年という陋屋《ろうおく》で夏を過す。そこへ行けばやっと漁師の親爺相手の気楽な（性に合った）日々になるのである。

東京は失神しそうな猛暑がつづいていた。北海道へ行って来ます、というと人はみな涼しくていいですねえ、と羨ましがった。ところが行ってみると涼しいなんてものではない、ストーブを買いに走るほどの寒さ。セーターを重ね着し、寝る時はウールの靴下を履くほど。天気が悪くて昆布採りが出来ないと漁師はみな意気消沈している。唯一の慰めは東京は相変らずもの凄い暑さだということで、そう聞くと思わずザマアミロ！　と叫んだ。何がザマアミロだかわからないが、つまりそういって自分を励ましたというわけだ。

二日目の朝のことだ。

夜明け頃、寒さに縮まって寝ている私の耳に、クーンクーンという仔犬の鳴き声が聞えてきた。声は玄関の外から聞える。出てみると生れて二、三か月と思えるメスの雑種で、可愛いかと訊かれれば、それは犬コロだから可愛いと答えることになるのだが、口が尖っていて、毛色は色の褪せた狐色とでもいうか、眼が黒々と光っていて一応悧口そうである。こんな小さな犬が岡の上に一軒家があると知って、はるばる牧草地を上って来るとは思えない。捨犬に決っている。ここには隣家がないので、こっそり隣りの垣根の中に押し込んでおくというわけにはいかない。おそらくこの犬の飼主は牧草地や放牧場の向うの町の住人に違いない。かねてより仔犬をもて余して捨てる先を考えていた。そこへある夜、ぽっと向うに見える岡の家に灯がついた。つまり岡の上に私が来たという印の灯だ。

しめた！　あすこに捨てるべ！　あの佐藤という女は、何でも来る者は拒まねえという人だといつも自分で書いてるしな。

ポンと手を打ち、翌朝、早速車に犬を乗せて捨てに来たのだ。そうに違いない。

そう想像すると何やら口惜しく、「卑怯者め。犬を押しつけたいのなら、堂々と玄関から頼みに来たらどうだ、カステラの一箱も持って」といってやりたいが、捨主を捜している間にも犬コロには餌をやらねばならぬのである。仕方なく牛乳を飲ませたり、魚を与えたりしているうちに、当然のことだが犬コロはここを我が家と思い決めた様子だった。

知り合いの漁師などがやって来て、

「どしたんだ、この犬。東京から連れて来たのかい？　わざわざ……」

と訊く。郵便配達の青年も宅配便のオッサンも電気のメーター調べのおばさんも、みな同じことを訊く。その度に、いや、連れて来たのじゃない、朝早く、玄関の外で鳴いていて……と一部始終を語らねばならないのが面倒くさい。私は本当は犬は「丸顔」が好きなのである。猫じゃあるまいし、犬に丸顔がいるかいとよくいわれるけれど、例えばブルドッグ、パグ、シーズーなど丸に近い。しかし窮鳥懐に入れば猟師もこれを撃たずだ。気は進まないが飼うよりしようがない。

「東京へ帰る時どうするんだァ？」

と訊かれ、「仕方ない、連れて帰るよォ」と答える。

「飛行機でかい。金、かかるべや？」

「ふン、かかるでしょうネ！」

という声には我ながら険があった。

そんなある日の朝まだき。眠っていた私は突然、

「ギャ、ギャア……ギャオーッ！」

という、悲鳴というよりは潰れ声とでもいうような叫びに飛び起きた。急いで表へ出てみると、向うから犬コロめが死にもの狂いで走って来る。後ろから追っているのは北狐だ。

「こらーッ！」

思わず大音声を放てば狐は方向を転じて一目散に逃げて行った。犬コロは私の腕の中に飛び込んで慄《ふる》えが止らない。見ると頭に血が滲んで小さな穴が開いている。

狐が牙を立てた痕だった。

その時から犬コロは私を「親分」と慕うようになった。どこへ行くにもついて歩く。せっかちな私は歩く時も、タッタッタッと早足で歩くがその足にまとわりついてうるさくてしようがない。まとわりつくのを蹴りながら歩いた。


八月の終り近くS出版社のM女史が仕事がらみでやって来た。ほかに二人の男性編集者が一緒である。その前日まで我が家は泊り客つづきだったので（これも菊池寛賞受賞がらみ）、私の顔に疲労が滲んでいたのかもしれない。M女史は気を利かせて外へ食事に出ませんかといってくれた。この町には浦河インという小ぢんまりしたホテルがあって、社長とは昵懇《じっこん》である。特別のお客さんだといえば吟味した材料で板前が腕を振ってくれる。

食事は楽しく始まった。旧知の人たちであるから話は弾む。お疲れのようですね、とM女史はいうが私はさほどに感じていなかった。だが食事が終り近くなった時、何となく食物の味がなくなった。胃のあたりが急激に膨張した感じで、坐っているのが辛くなってきた。胃の中のものをもどせば楽になると思って立ち上り、トイレに向った。何となく足は雲を踏むような感じではあったが、例によってタッタッタッと大腭に歩いてトイレの手前にある洗面所まで行った。鏡に私の顔が映っている筈だが、よく見えない。トイレの中へ入るつもりだったが、ドアーを開ける気力が消えている。トイレの向うに小さなロビーがあって、そこに長椅子がある。あの長椅子まで行って坐ろう——そう思った時、目の前が朦朧となってきた。とにかく長椅子まで行かなくては、と思い、

「佐藤愛子、しっかりしろ！」

そう自分を叱咤したのを憶えている。そう気合を入れ、そして私は昏倒したのだった。

気がついたのは病院の救急治療室のベッドである。私を囲んで色んな人の顔が見えた。M女史に連れの編集者二人。ホテルの社長。図書館の司書やら、よろず屋の

オヤジさんやら、集落の漁師やら。だが、もしかしたらそれは幻だったかもしれない。たしかなことは、足もとに白衣を着た若い男性が見え、これが医師らしいと思ったことだ。

——なんて若いんだ。大丈夫かいな。

と思ったことも憶えている。ホテルで昏倒した後、救急車で運ばれ、すぐにCTスキャンその他もろもろの検査を受けたということだがそれも知らず、このベッドに寝かされたことも記憶にないのに、なぜそこを病院だと思い、若い男性を医師だと認識して「大丈夫かいな」と思ったのか、そこの意識の仕組みは不可解である。

「手を握ったり開いたりしてみて下さい」

と、医師はいった。いわれるままに両手を上げて握ったり開いたりする。

「出来ますね、よろしい。では今度は両脚を揃えて上げたまま、そのままじっとしていて下さい」

それも出来る。

「出来ますね、よろしい。結構です」

それくらい出来るわいな。なんでこんなつまらんことをさせるんだ、と思う。

「では上半身を起してみて下さい」

アイヨ、と起しかけて、あッと思った。動いた途端、頭の中がグラグラッときたのだ。それでも無理に起きようと頑張った。少しでも体を起そうと思ってグラグラと闘ったが、ついに、

「限界です！」

叫んで枕に倒れた。体力検査じゃないんだから、なにもそこまで頑張ることはなかったのだが。その後は再び朦朧として記憶がと切れと切れである。昏倒した時に私は三半規管を打ったのだ。三半規管はバランスを司るところだという。そこが破損したために目まいと吐気が起るというわけだった。

「入院しますか？」

という医師の声にハイと答えたことははっきり憶えている。しますか？　もヘッ

タクレもない、するよりしようがないじゃないか、このザマでは！　と殆どヤケクソで思ったことも。病院が大嫌いである私を知っているM女史は、そのことをお医者さんに話し、もし私がどうしてもイヤだといい出したらどうしようかと心配していたということを後から知った。しかしいかにイヤといいたくても、我が家の孫と娘はすでに帰京し、家事手伝いのH子さんも東京に帰った。家には私と犬コロだけになっていたのだ。そうして私が入院してしまった後、家には犬コロのハナ一匹が残ったのである。（いい忘れたが犬コロの名前はハナという。ここは浦河だから「ウラ」か、犬コロだから「コロ」が面倒でなくていいと私はいったのだが、孫がウラをいやがってハナにしたのだ）

M女史は私の入院の手つづきをすませると、岡の上の我が家へ行って戸締りをし、ハナの食器にドッグフードを山のように入れた。そしていい聞かせたという。

「しようがないのよ。こんなことになっちゃったのよ。我慢してね……」

ハナは狐に追われた夜から夜間だけ、家の中（台所）で寝ることを許されていたのだ。それがいきなり、わけもわからぬまま、初めてやって来たノッポのおばちゃん（つまりM女史）の手で夜の庭の闇におっぽりだされたのである。

まったくそれは「一致団結してことに当たらねばならぬ秋」（六十年前のあの戦争中は、私たちはこの「秋」を非常時という覚悟を込めて「アキ」ではなく「トキ」と読まされたものだった）というべき状態だった。長年私の担当をして来たM女史は、我が家の修羅場に馴れている。

「ハナは狐に食べられるかもしれませんが、しようがないです、食べられても。こういう時ですから」

M女史は決然といった。

それから女史は娘に電話をかけたこと（娘は結婚の仲人を頼まれて愛知県へ行っていたが、私はアタマ朦朧の中でそのことを女史にいい、娘の携帯電話の番号を書いた帳面は、我が家の居間の北の窓辺の簡易ピアノの上にある、ときちんと伝えた――つもりだったが、後になって女史はそんなことは聞いていません、私は自力で電話帳を捜し当てたのです！　と頑張った）、手伝いのH子さんに至急来るように連絡したこと、ホテルに部屋を取って泊まる手筈をつけたことを報告して、ここぞと有能ぶりを発揮した。

「今、何時？」

と訊くと、

「もう十二時過ぎています」

「へえ、もう、そんな時間？」

と私はいったが、実をいうとその十二時がいつの十二時やらわからなかったのだ。

それにしてもハナはよくよく波瀾の星のもとに生れた犬である。捨てられることから始まって、やっと棲家を得たと思ったら狐に追われ、それも助かったと思いきや、今度は命がけで夜を過さなければならない。頼みの親分はひっくり返って病院のベッド。

「狐に食べられるかもしれないけれど、しようがないです」

という言葉に、

「仕方ないわね」

と頷くだけなのであった。

やがてM女史は東京へ帰り、東京から手伝いのH子さんが来、それから娘がやって来た。

「とにかくね、先生がぶっ倒れた時の姿といったら、直立不動、両手もまっすぐ、脚もまっすぐ、きちんと揃っていたんですって」

とH子さんが娘に話している。

「つまり東海林太郎スタイルで倒れてたってわけなのね」

と娘。すべてに朗らかなH子さんは、

「そうそう、そうらしいのよ。あんな倒れ方した人も珍しいって」

と声を弾ませ、二人で笑っている。

「ドシーンという音がしたのでホテルの社長さんが走っていったら、直立不動で倒れている。これは死んでるんじゃないかって一瞬思ったらしいのね。死んでるのなら警察へ通報するんだし、生きてるのなら救急車でしょう。どっちにするべきか考えていたら、そこへMさんが走って来て、先生、先生、ってとり縋《すが》った。その時、先生の手が少し動いたんだって。それで、あ、生きてるってことになって……」

「救急車にしたのね」

「そういうことらしいの」

とまた笑い声。

私は凝然とそれを聞いている。

なんで笑う。何がおかしい。

むっとしたまま私は思った。そうだあの時、目の前が朦朧としてきた時、私は自分に向って気合を入れたのだった。

「佐藤愛子、しっかりしろ！」と。

気合を入れてドッカーン。みごとに昏倒した。直立不動で倒れたのは気合が私の身体を貫いたためだったのだ。

思えば七十八年の人生で私は何度か気合を入れて自分を叱咤激励して来た。私の人生、それはああ、何という激動の人生だったことか。それは叱咤につづく叱咤、激励につづく激励で成り立っているのだ。

「私がおかしいと思うのはね、そういう時に普通の人はしゃがみ込むものでしょう。ところがこの人はなぜかしゃがみ込まないのよ」

この人？　この人とは何だ。人が弱っていると思って、何をえらそうに。そういってやりたいところだが、世話になる身だ、我慢する。

「すぐにしゃがみ込めば昏倒するということもないんですよね」

「なぜかしらねえ」

「どういう方なんでしょうねえ」

「ねえ、なぜ？」

と娘は私に向って訊いているらしい。横を向くと目まいが起るので私は仰向いたまま瞑目している。

「なぜか、って……知らんよ、そんなこと」

心の中で呟いた。まったく、なぜか知らないがそういう時、いつか気合が入ってしまう。それが我が人生もろもろの苦難のもとであったことがその時漸くわかったのであった。

幸せとは何ぞや

入院している間はまことに平穏だった。何も考えず、黙って寝ている。原稿の締切とか、冷蔵庫の中の食べ残しの始末とか、書かねばならぬ手紙の返事とか、何も考えずにすむ。時間まかせでうつらうつらしていることの、何という快さであろう。早くよくなりたいとも退院したいとも思わない。大きなゆるやかな流れの中に揺蕩《たゆと》うている心地だった。

七十八年の人生の中で、私が入院したのは出産の時数日とあとは白内障の手術で一泊した時だけである。前々から私は病院という所が嫌いというか怖いというか、友人の入院見舞いに行くのさえ気が臆するという人間である。私には病院は現代社会でも屈指の「非人間的」な世界に思えるのである。ひと頃、入院患者は四時に夕食を食べさせられる、という話を聞いて、その一つのことだけでもいかに非人間的な場所かがわかると思ったものだった。なぜそんな時間に夕飯を食べさせられるかというと、調理部で働いている人の勤務時間を短縮するためだということだった。調理部で働く人は健康体である。その人を早く帰宅させるために病人が我慢させられる。就寝（消燈）時間というのが決っていて、眠くなくても無理やり眠らされる。夜型の私はそれを聞いてオゾ気をふるったものだ。朝は眠くてたまらなくても無理に起され、検温をさせられるという。昨夜は眠れず朝になってやっと眠りについたのです、といっても耳を貸してもらえない。夜更し朝寝坊というような、そんな悪習慣を矯正するのも入院の意義の一つです、などといわれると、すみません、と謝らなければいけないような気になる。

つまり、それは、患者が病院側の「流れ作業」に組み込まれて「もの」にならされるということなのよ、とは私の友人の体験による述懐である。しかし多くの人はそれで病気が治っているのだ。

「人はみんな強いんだなァ」

と改めて感心したりするのだが、しかし私のような順応性のない者は、そのことだけでも重態になってしまうだろう。私は眠れぬ夜の暗黒と静寂を想像して、ますますオゾ気をふるった。

「死んでもいいから病院にだけは入れないでおくれよ……」

というのが、娘への唯一の頼みになっていたのだ。

ところがその私が突発的事情によって意識不明になり病院に運ばれてしまった。いやも応もない。その時娘はそばにいなかったから、私の唯一の頼みを聞かなかったといって怒ることは出来ない。実際にこの私が、入院しますか？　とお医者さんに訊かれて、「ハイ」と答えてしまっていた。ちょっと頭を動かしただけでグラグラッと目まいがくるのだ。

「エイ、突くなり蹴るなり、もう！　どうにでもしてくれ！」

と地面に大の字になったチンピラヤクザの心境だった。

ところがそうして運ばれた病室のベッドで、私はうつらうつらと穏やかだった。痛い所は何もない。動くと目まいと吐気がくるが、動かなければ何ともない。何も食べられないので、話に聞く「四時夕飯」の苦業もない。消燈が何時であろうと、夜も昼もわからずうつらうつらしているのだから関係ない。あれほど病院を怖れていたのは健康だったからだ、とわかった。病んでエネルギーがなくなると、文句不平も、嫌いもヘチマもなくなる。実に文句不平は健康のバロメーターである。あのおばあちゃんもこの頃はホトケさんのようになってねえ、といわれていたばあさんたち、あれはエネルギーが涸渇したためだったのだ。

日々、私はホトケさんのようにベッドの上にいた。世の中に何が起っているか、新聞、テレビ、ラジオ、何ごとにも関心がない。実に気らくだった。後になって思うとその時、娘は私の看病のために小学生の孫を舅さんと姑さんに預けてここへ来ていたのだから、一日も早く帰してやらなければあちこちに迷惑がかかっているのだった。そうだ、これも今気がついたことだが、ムコどののもさぞかし不自由に耐えてくれていたのだろうが、それも考えなかった。ノビノビと入院していたのである。

何日目頃か、少しずつ目まいが消えて行き、ベッドで食事が出来るようになった。病院の食事といえば「うまくない飯」の代名詞のようになっているが、(それも病院嫌いの一つの理由になっていたが)これがなんと、「うまくなくない」のだ。つまり捨て難い味なのである。殊にカレーライスなどは、我が貧乏時代に作ったカレーの味。肉よりもじゃが薯が前面に出ていて、しかもその色が混じり気なしの黄色なのが、嬉しくも懐かしい。

あっという間に平らげれば娘、

「おいしいのォ？　それがァ？」

と驚きかつ感心している。それに肉ジャガもうまかった。すべてへんに気どって味を複雑にしていないのがいい。パクパク食う。

娘は廊下の配膳車に食器を返しに行き、戻って来る度に、

「いつもうちが一番なのよ。まだどこも食べ終ってないのに」

と恥かしがっているのであった。

私は初心に返ったのである。貧乏はしておくものだ。苦労はあった方がいい。

「人間の底力というものは貧乏や苦労で培われるものなのだ。昔、ヒキ肉チラホラのコロッケや、パン粉でふくらませたロールキャベツを作って食べていた時の、あの経験が今、モノをいっているのである。私はそんじょそこらのうまいもの好き、グルメを自称して得意がってる手合とは根底が違うのだ――」

と娘に訓戒を垂れる。

「大分、元気が出てきたみたいね」

と娘はいった。

そのうち、歩けるようになったのなら、耳鼻科の外来診察室へ行って下さい、と看護婦にいわれた。点滴はまだつづけているので、点滴のスタンドを押しながら行

かねばならない。私の病室は六階の真中を通っている長い廊下の東の端っこである。エレベーターはその真中へんにある。外来へは私のほかに向いの部屋の患者さん二人と一緒に行くのだ。一人は耳を手術したのか、繃帯をグルグル巻いている私と同じくらいのおばあさんで、もう一人はどこが悪いのか（聞くのも面倒なので）わからないが、やはり七十歳がらみのおじいさんだ。初めの日は看護婦の先導があったが、次からは三人で行く。それぞれが点滴のスタンドを押してゴロゴロゴロと進むのである。

だがどうも、この行進が私にはニガテである。私は廊下に出ると、タッタッタッと歩く。点滴スタンドはカラカラカラカラ、私はタッタッタッ——そんなふうに歩きたい。いや、そんなふうに歩いてしまうのだ。しかしあとの二人は（当り前よ、病人だもの、と娘はいうが）ノロノロと歩く。

エイ、おそい！

も少し、さっさと歩けないのか、とじれったい。そのノロノロに合せていると、身体が萎えておかしくなってしまいそうだ。だから合せるのをやめて、先に行く。さすがに気になってふり返ると、遥か彼方をしずしずと来る。少し距離が縮まったところで歩き出す。

タッ、タッ、タッ。

カラ、カラ、カラ。

「まあ、佐藤さんはまあ、なんて元気のいい!」

とすれ違った看護婦の声にふり返りもせず、タッタッタッ。

はやエレベーターの前に来てしまった。丁度、エレベーターが降りて来て、扉が開いたところだ。だが、ご同役は遥か彼方、点滴スタンド押して、のんびりとぼとぼ歩いている。

私はイライラし、一人で先にエレベーターに乗ろうかと思う。だが考えてみると今は火の手が迫って来ているわけではないのだから、一刻を争う必要はないのである。なぜそんなに急ぐのかと人は疑問に思うだろう。だが、なぜといわれても、私はうまくいえない。「私ってそうなんです」というしかない。飼主をグイグイ引っぱって歩く犬に向って、なぜそんなに急ぐのかと訊いても仕方がないのと同じなのだ。つまり私は元通りの元気をとり戻したらしい、ということなのであった。

やっと二人が辿り着くのを待ってエレベーターに乗り、一緒に外来待合室のベンチに坐った。外来患者の診察が終るまでそこで待つのである。じいさまとばあさまは何やら親しげに話している。ノタノタ歩きの間に親しくなったのであろう。

「いやァ、とてもじゃないが、メシのまずいのにはマイるねえ。とても食えたもんじゃないもんね」

とじいさまがいって、同意を求めるように私を見た。私は、

「はあ？……はあ……は、は、は」

と笑うしかなかった。

十五日目に退院した。まだいくらか目まいは残っている。退院したいといったわ

けではないのに、お医者さんが退院していいです、といったのだ。それで家へ帰った。家といっても東京の家ではない。とりあえず浦河町の岡の上の陋屋へ戻ったのである。

家へ入るとハナがいた。ハナは私が入院した翌日、話を聞いた集落の漁師が二、三日なら、といって預かってくれたのだった。その家には二人の姉妹がいて、かわるがわる抱いて放したことがないというほどの可愛がりようだったという。

そこで甘やかされたせいか、ハナはどうも「いい気」になっている様子だった。私が入院するまでは夜だけ台所に寝ることを許されていた筈だった。それが当然のように居間のソファに上って、クッションを嚙んだりしているではないか。元の規律に戻すべく叱咤したことはいうまでもない。だが一旦緩んだ規律は容易に元に戻らない。叱りつけても叩いても廊下でおしっこをする。狐から助けてもらった恩も忘れて、私の叱咤を黙殺する。

退院して二日目の夜、私は久々で風呂に入った。十六日間の垢を落し、身も心も晴々して着替の部屋へ入り、そしてあっと叫んだ。みだれ箱の中、風呂から出たら着ようと思って入れておいた浴衣の上にハナが気持よさそうに寝そべっている。

「こらーッ！」

と一喝。ぱっと押え込もうとした時、グラグラときた。目まいだ。とっさに壁で支えた手の下をくぐって、ハナは一目散に廊下へ逃げた。漸く立ち直ってハナを追う。家中探してもう一度さっきの着替部屋に戻った。そしてまたわッと叫んだ。畳のまん中におしっこがたまっているではないか。ふり返るとハナの奴が襖の蔭から様子やいかんとこっちを見ている。ものもいわず追いかける。居間の長椅子の下に逃げ込むのを引きずり出そうとしてかがんだら、また目まいがきた。それに耐えてそこにあった蠅叩きを取った。長椅子の下から出て来たやつを叩こうとふり上げたところで、また目まい。よろけるのを踏み止まって蠅叩きをふり廻す。何ごとかと台所から出て来た娘——

「やあ、蠅叩きの舞い！」

と喜んでいる。その間にハナは逃げて行ってしまった。
五、六日静養してから東京へ帰った。ハナも連れて、だ。ハナの飛行機賃、四千円。自分から求めて飼った犬じゃない。なのにどうして飛行機に乗せてまで連れ帰らなければならないのか。これも我が家を狙って捨てに来た元の飼主のせいだ。元飼主め、今頃はせいせいしているかと思えば思うほど口惜しい。
「佐藤さんはあの犬、東京へ連れて行ったらしいよ」

「東京へかい。飛行機でかい？　高いべや運賃」

「ホントに犬好きなんだねーえ。よかったよ。あんな人に拾われて」

「ここにいるよりなんぼか幸せだべさ」

などとノンキに茶飲話をしている様など想像すると、ハラワタが煮えくり返るのである。

この東京の家ではハナは庭で放し飼いにされている。ここは北海道とは違うから高い塀が庭を囲んでいて、自由にほっつき歩くことは出来ない。ガラス戸をぴったり閉めれば、どこにも上り口はない。仕方なくハナは庭に穴を掘る。ひと月と経たないうちに庭中穴だらけだ。それから庭のツッカケを齧《かじ》る。それに生意気にも残飯を食べない。そしてその度に私に叱られている。今や私はハナの「親分」ではなく「天敵」ともいうべき存在になった。週に三日、手伝いのH子さんが来る日は優しくしてもらえるが、他の日は一人対一匹の天敵同士というあんばいになってきた。

お客が来るとハナはいそいそとやって来て、応接間のガラス戸に鼻をこすりつけ、泥足でガラスを掻いてクーンクーンと啼く。その甘え啼きが私はムカつく。もしかしたらハナは人の愛に飢えているのかもしれない。そう思うとまた別種の、何ともいえない、いうにいえないムカツキがくる。

「あら、可愛いワンちゃん」

女性のお客はみな必ずそういう。

「何種ですの？」

「雑種ですよ」

私はぶっきらぼう。

「いくつですか?」

「捨犬だからわかりません」

「まあ、捨犬? どこに捨ててありましたの?」

「北海道の別荘の玄関の前です」

「じゃあ北海道から連れてらした?」

「そうです。だって、仕方ないでしょう!」

憤然という。

「先生はおやさしいんですねえ……」

「……」

「お散歩は先生がなさるんですか?」

「そんなのしませんよ。ほったらかしにしています。時々、ひとりで走ってますよ」

「お庭が広いからいいですよねえ。ホントに幸せなワンちゃんだわ」たいていの女客がそういう。「幸せなワンちゃん」と。私は何もいわず苦笑している。幸せか……と心の中で呟く。広い庭があるからハナは庭に穴を掘る。穴を見て私は怒る。穴だらけの荒れた庭を見てゲンコを固めてハナを威嚇する。そのくり返しのうちに日が流れている。

「幸せなワンちゃん」だと？　私の口からいうのもナンだが、ハナの身になってみよ、と私はいいたい。

イジワルばあさんの記

犬が地面を掘るのは本能だから怒ってもしようがないと人はいう。私の友人が飼っているチワワは時々ベッドの上で一心不乱に布団をかきむしっているそうだ。掘りたいという本能に駆られているのだと思うと、何ともあわれで、こうして家の中で飼っていることをチワワに対して申しわけないと思う、とその人はいった。

「花咲爺さんの、ここ掘れワンワンのポチの話はそうした犬の本能をもの語っているものでしょう」

つまり友人はハナが庭中、穴だらけにするといって私が怒ってばかりいるのを見かねて、それとなくハナを擁護しているのである。

ハナは飼いたくて飼った犬ではない。北海道の私の山荘の玄関前に捨ててあったのを、ほかに持って行き場がないので仕方なく東京の家に連れて来た犬である。

こやつが庭下駄を片端から齧り庭に穴を掘りまくることについての怒りの日々を、既に読者はご承知であろう。前記の友人はその記述を読んでハナを憐れみ、擁護に乗り出して来たものである。ハナを連れて来てからおよそ百日の日が過ぎた。ハナはその間もずーっと穴を掘りつづけ、私もずーっと怒りつづけていた。

愈々私も年老いたなあと思うのは、庭の樹々や花を眺めるのが日々の楽しみになったことである。ささやかな庭だが、春は白梅、紅梅に始まってそれが散ると桜が咲き、桃が咲き、山吹が咲き、つつじ、牡丹、やがてざくろが鮮かな花をつけ、それから実になるまで、私の楽しみは日々新たに訪れる。去年の秋は僅かな飛び石のまわりにクロッカスの球根を埋めた。

ある朝、庭を掃いていた手伝いのH子さんが、あっ、クロッカスが芽を出しましたよ、と叫び、私は居間のガラス戸の内側からそれを見て、

「えらいねえ、クロッカス。冬の寒さに耐えてここまで来たんだねえ……」

と感動した。こういう時の私の心のうちは穏やかさと優しさに満ち、私はそんな自分に満足している。そしてああ、私も年をとったもんだなアとまたしみじみと思うのである。

ところがそのクロッカスの球根をば、ハナめは掘って掘って掘りまくった。小指の爪のような青い芽は千切れて土に埋もれ、球根が転がっているではないか。忽ち私は夜叉と化して、

「こらーッ、ハナァーッ！」

その一声にハナは植込みの向うへ逃げて行き、奥の方から様子を窺っている。あいにくと私は持病の花粉症の最盛期で、植込みの奥へハナをつかまえに行くにも、ハクショーン、ハー、ハー、クションを連発し、ハナ水をふり撒きながらのことであるから、心ゆくまで叱ることを諦めなければならない。そのまま後はH子さんに委せた。

ところがその翌る日。昨日、H子さんが埋め直したクロッカスが、また掘り出さ

れているではないか。昨日は一か所だったが今日はあちこちやられている。

「またァーッ！」

花粉症もヘッタクレもあるもんか。私は跣《はだし》で（というのは庭下駄は片端からハナに齧られて履けなくなっている）庭へ躍り出る。ハナが喜んで走って来る（そういう所がこの犬のお人よしなところと思いつつ）、それをとっつかまえ、掘った穴に鼻先をこすりつけて殴った。ハナはキャンキャンと啼き、いつもの植込みの奥に逃げてこちらの様子を窺っている。わかったか。今度やったらコレだぞ、とゲンコをふり上げてみせてハークション。私もついに女ばなれして「親爺」になったなあと思う。

翌る朝、やっぱりクロッカスの球根は穴の中に転がっていた。H子さんはブツブツいいながらせっせとそれを埋め直す。

「ハナちゃん、ダメよ、もうこんなことしちゃ……わかった？」

といいながら。なにがハナちゃんだ、と思い、私はH子さんの優しく粘るいい方まで腹が立ってくる。

私は朝起きるとまず寝室のカーテンを開ける。そして庭に穴があるかないか見廻す。それが一日の始まりになってしまった。私が起きたと知ってハナは走って来るが、穴の有無を確かめるまではハナの挨拶など受けつけない。

顔を洗って居間へ行く。居間のカーテンを開けると、改めて穴の有無を検分し、それからテラスのハナの食器を見る。その目は例えていうなら生徒のアラを捜す頑固校長の目つき、あるいは意地悪刑事の眼光というようなものであろう。

食器には昨夜の餌がほんの少し口をつけただけで残っている。ジロリと見て、

「またッ！　食べてないッ！」

私を見て走って来たハナは一瞬立ち止り、少し距離を置いて私を見つめて震えている。よく見ると耳まで震えている。

はじめの頃、ハナの餌は動物病院の友人が送ってくれた、試供品の兎のフン様のドッグフードであった。それをハナは喜んで（かどうかはわからないが）きれいに

食べていた。その試供品がなくなったので、ゴハンをやった。残ったおかずや味噌汁をかけて。残りものといっても私は一人暮し（二階の娘一家とは別世帯）であるから、残りものも沢山、いろいろある。まずいわけがないのだ。だがハナは断乎としてそれを食べない。昔、賢母がいて、人参嫌いの子供にどうでも人参を食べさせようとして毎日朝夕の食膳に人参料理しか出さないようにした。空腹に堪えかねて子供は人参を食べるようになり、そのお母さんはあっぱれ賢母よ、と讃えられたという話を私は少女時代、少女倶楽部だったか婦人倶楽部だかで読んで多分感銘を受けたのであろう、長い人生の中でも忘れず、折にふれ思い出すのである。

ハナが残飯に口をつけず、臭いを嗅いで、「フン！」という顔で向うへ行ってしまうのを見ている時、忽然と人参賢母のことが浮かんだ。よし、食わぬなら食うまで待とうか、食わせてみしょうだかの気持になって、残飯をそのままにすることにした。ハナは空腹の筈である。だが食器の飯はいつまでも口をつけてない。ご飯粒が水気を失ってひからびて行くではないか。私はヤキモキして落ちつかない。翌日の夕方まで頑張ったが、ついに負けた。それを捨てて新しいもの（といってもやっぱり残飯）に替えた。それも食べない。クンクンと嗅いで、フン！　だ。

驚いたことにはハナは一日二日何も食べなくても平気でいる。それでいて痩せない。元気だ。イヤだ、食わぬ、となったら断乎として食べない。捨て犬のくせにどこでそんな贅沢を覚えたのか。犬が餌をより好みするなんて私には許せないのである。

「好き嫌いをいってはいけません。何でも喜んで感謝していただきましょう」

といわれつづけて七十九年生きて来た私である。人間サマのこの私でさえ、このおかずは気に入らないから残すなんてことはしたことがない。私は娘にもそうしつけてきた。遠藤周作さんと四国へ講演に行った帰り、私たちは「タコの姿干」という何とものすごい形のものを子供への土産に買って帰った。その後で遠藤さんから電話がかかり、「あのタコ、歯が立たんかったやろ！　どうした？」と訊かれて、「娘が食べた」と答えると、「エーッ、あのタコを食ったァ？　君のとこは娘に何を食わしてるんや」といわれたことがあったが、ことほど左様に我が家は食べ物はすべてきれいに食べる家風なのだ。

飼っていた代々の犬もみなその家風に従っていた。古くなってヒネたジャガ芋とだしを取った後の昆布を刻んで安いお米と一緒に煮る。残りものすべてブチ込んで。(ストーブの上の古鍋でコトコトと煮たあの冬の日々よ！　あたりに漂った何ともいえない妙な臭いの懐かしさよ！)それをどの犬も喜んでいそいそと食べたものだ。食器をきれいになめ尽したものだ。娘は、

「うちの犬はディスポーザーだね」

といったけれど。

ハナを飼う気になったのは、実をいうとあの楽しみを思ってのことだった。だが今は楽しみどころではなくなった。ハナが食べなければ捨てなければならないのである。

食べ物を捨てる！

それが何よりも私は辛い。一粒のお米も粗末にしてはいけない。お米も野菜もみ

んなお天道《てんと》さまのお恵みであり、お百姓さんの苦しい涙と汗で作られたものである。それを粗末にしたらバチが当りまっせと、家中のおとなからいわれて育った。農法が発達して苦しい涙と汗など流れなくなったことを知った今でも、それが染み込んで消えないのだ。

ついに私は残飯をやることを断念した。ハナの食べ残しを捨てるのが辛い。仕方なくドッグフードの罐詰あれやこれやと買って来て、これなら食べるか、これはどうだ、これでもか、これでも食わぬか、とだんだんムキになって金に糸目をつけず（というほどではないが、私としてはそんなキモチ）にハナに与えるが、それでも、クンクン、フン！　の癖がついたのか、さもいやそうにちょっと口をつけて向うへ行き、暫くしてやって来て、またちょっと食べ……というふうな食べ方。生意気にも一番安い「兎のフンフード」は見向きもしない。

仕方なく私は残りものを一人で食べる。来る日も来る日も同じおかずをむっつりして食べている。娘が見ていった。

「まだそれを食べてるのオ。とうとうママがディスポーザーになったねえ」

犬小屋があるというのに、ハナはそこでは寝ない。私の書斎兼寝室のベッドの横にあるテラスへの出口の脇で寝ている。夜明け近くになるとそこでクーンクーンと啼き、ガラス戸を引っ掻く。私が起きてトイレに入ると、東側の通路、つまりトイレの窓の下へ来てクンクンいう。顔を洗うために洗面所へ行くと、早くもそこへ来ている。私は着替えをして居間へ行く。すると居間の前のテラスにハナはもう来ている。

それが私はイマイマしい。(多くの人はなんて可愛いんでしょう、というだろうことはわかっているが) そう先へ先へと動くな、といいたい気分になる。つきまとうな、という気持もある。ベタベタするな、といいたい。こんなに邪慳な私、ハナに対しての関心といえば、「穴とメシ」しかない私、いくら走り寄っても素気なくうるさがって、まといつくのを蹴りながら歩く私。そんな私をなぜ追いかける。なぜ怖がらない。

多分ハナは寂しいのだ。ハナは人間が大好きなのだ。この私を好きなのではなく（好きなわけがない）、手伝いのH子さんが来るまではほかに誰もいないから私の後を追っているのだろう。多分ハナは愛に飢えているのだ（それは私の責任）。人が来ると誰であれ大喜びしてまとわりつく。この分では泥棒が来ても喜んでじゃれつくだろうよ。そんなにくまれ口を叩きながら、私は心臓を圧《お》されるような、辛いような、苦しいような……邪慳にされているのがわからないのか、なぜ怒らない、なぜ嫌わない、お前はアホか、といいたいような、あわれともすまぬともいいようのないわけのわからぬ気持になる。小学生の虐《いじ》めッ子ももしかしたらこんな気持でおとなしい子を虐めているのかもしれず、鬼姑が気だてのいいヨメを、気だてのよさ故によけいに虐めてはこういう気持になっているのかもしれないと思う。

娘がハナに買って来てやったボールは、ハナが嚙むとキュッキュッと高い音を立てる。私が書斎にいるとハナの姿は見えないが、そのキュッキュッが聞えてくる。

誰も相手をしてくれないものだから、ひとりでボールを鳴らして遊んでいるのだ。キュッキュッ、キュッキュッ。

私は黙念と坐ってそれを聞いている。それから立ち上って庭に出る。ボールを拾って、庭の隅っこを目がけて力いっぱい投げる。ハナは一目散にボールを追いかけ、銜《くわ》えて私の方へ走って来る。その嘻々《きき》とした姿に思わず私の口もともほころび、

「よしよし、えらいえらい」

と褒めて手を出す。手を出すのはハナからボールを受け取るつもりだからだ。だがハナは私の手からプイと顔を背けて、ボールを渡すまいと走り去って行く。

「ハナ、ハナ、ハナ」

と私は呼ぶ。

「さあ、よこしなさい、ハナ」

ハナはボールを銜えたまま私に近づき、手を出すとさっと逃げる。何度もそれをくり返す。

「こらーッ！」

ついに私は怒る。ムキになってハナをとっつかまえ、口からボールを取ろうとするが放さない。しっかり銜えているボールを無理やり取ろうとして引っぱり上げると、ハナはボールと一緒に宙に浮いて、

「お前はスッポンか！」

もう呵責もヘチマもあるかいな、という気持。銜えているボールをハナは放さないがそれを摑んだ手を私も放さない。そのまま力まかせに右へひねればハナも右へねじれ、左にひねれば左にねじれ、お互いに放さない。

「そうか、そんな気か。わかった、そんならもうやめる！　もう遊ばない……」

いい捨てて居間へ上る。ガラス戸をピシャンと閉めて、

「勝手にしろ！」

もうカンカンだ。

ムッとしてお茶を淹《い》れて飲んでいると庭の方からキュッキュッが聞えてくる。見

るとハナがこっちを向いてボールを鳴らしてみせているのだ。私はイマイマしさにハチ切れそう。折角私が優しい気持になったのに。折角仲よく楽しく遊ぼうとしているのに。

そこへ娘が二階からやって来て、

「どうしたの?」

という。

「なにが?」

「なにがって、ハナとボールで遊んでたんじゃなかった? 珍らしいこともあるもんだと思って降りて来たのに」

「もうやめた……ハナとはもう遊ばない」

「遊ばない? なぜ?」

だってハナはイジワルしてボールをよこさないんだもん、とは、いくらなんでもいい兼ねるのであった。

孤島のたたずまい

古い友人から季節見舞いの葉書が来て、「この頃は世間狭く暮しています」とあった。彼女は若い頃はよろずにマメな人で、いつ電話をしても家にいたことがないという評判の外出好きだった。その彼女も寄る年波で血圧の上り下りに悩むようになり、「とにもかくにも心静かに暮さなければいけません」とお医者さんからいわれるようになったそうだ。

「世間に出るとハラの立つことばかり。アイちゃんのようにいいたいことハラいっぱいいっている人にはわからんストレスが溜るのです」

とある。いやぁ、ハラいっぱい、いくら吐き出しても、私は兼好法師じゃないから、「ハラはふくれる」ばかりなのだ。私はそう返事を書いた。搔けば搔くほど痒くなるシモヤケみたいに、いえばいうほど腹はふくれるのです、と。

私もこの頃は「世間狭く」暮しているのである。いや世間狭くというよりも、これは殆ど「孤島」の暮しだ。世の中のこと、もうもう、何が何やらわけがわからんことばかり。早い話が携帯電話のかけ方、テレビゲームの操作のし方、パソコンとかワープロとか、その区別もわからぬ。第一どんな形をしているものか、(二階の娘の世帯へ行けば見られるが)いまだ見たことがない。見たいとも思わない。

娘や手伝いは食品の「賞味期限」をうるさくいう。賞味期限。そんなことがいったいどこに書いてあるのか、メガネをかけ替えなければ見えないから、無視している。瓶詰や罐詰の期限とやらが半年や一年前に切れていたとしても、わからないから食べる。食べた途端にバッタリ倒れて泡でも吹けば用心するようになるかもしれないが、別にどうということはないから平気で食べる。クンクンと臭いを嗅ぐことは癖になってしまっているけれど。

「おばあちゃん、このジャム、食べてるのオ……何ともないの?」

と、この頃は孫まで軽蔑の眼で見るようになった。

「わたくしが信じるのは唯一、自分の臭覚と味覚です。あなたたちは五感が鈍感になっているから、賞味期限なんてものに頼らなければならないのよ。だいたい、テレビなんぞではアレを食べろ、コレは食べてはいけない、などと毎日のようにしゃべっているけれど、本来何を食うかは己れで決めるべきものです。食べたいと思うものを食べる！　それがいいのです。食べたいと思うということは、身体がそれを欲しているということです。欲してもいないのにテレビでいっていたからといって、無理に食べるなんて、愚の骨頂だ。身体を敏感に保っていれば、おのずから身体にいいものを身体が欲するようになる。それが大切なのである。タバコ、酒、ドリンク剤、クスリのたぐい。そのようなもので身体が鈍感になっているものだから、賞味期限や栄養学に頼らなくてはならなくなるのだ……」

そのあたりで気がつくと、いつか孫はいなくなっている。孫は以前は私を尊敬していた。いつも机に向って「勉強」しているエライ人だと思っているようだった。

わからないことがあればおばあちゃんに訊けば何でも知っていると思っていたのだ。

それがいつ頃からか、なんだかおかしいぞ、と思い始めたようだ。パソコンとワープロの違いを何度教えられても呑み込まず、インターネットという機械が別にあるのだと思い込み、そのうちヤケクソになって、「そんなものに頼っているから人間はダメになるのだ！」と怒り出す。誰も何もいっていないのに、「うるさい、黙れ」と独り言をいっている。

私の家は来客の手土産やら地方の読者や知人から果物や菓子など、名産を贈られることが多い。すると私はいそいそと階段の下から孫の名を呼んだものだ。

「モモちゃーん、おいしいものあるよオ」

その一言で孫は「ハーイ」とヨイ返事をして足どりも軽く階段を降りて来た。だが小学校四年になった頃から、

「モモちゃん、チョコレート食べない？」

と声をかけても、

「いらなーい」

という声が返ってくるだけだ。顔を覗かせもしない。

「モモちゃん、ケーキがあるよ、来なさい」

「今、おなかいっぱい」

この頃の子供は飽食して生意気になっている。子供のくせにチョコレートが嫌いだなんて、許せない。「おなかいっぱい」だと！　おなかがどんなにいっぱいでも、我々はケーキと聞けば無理にでも食べた。今食べておかないと、この次はいつ食べられるかわからないからだ。お客さんが手土産を抱えて玄関を入って来ると、障子の蔭、あるいは指にツバをつけて開けた穴から覗いて中身は何かとわくわくする。それがコドモというものだった。今、飽食の果に衰弱がきている。私はいう。

「いい気になっていると今にどんでん返しがくるから……」

殆ど、食糧危機が到来するのを待つ気持である。屈託した目を庭に向ければ、ハナの食器に昨夜の小鯵のカラアゲがそのまま残っている。（ハナが食べぬのなら、私が食べたのに……）

「子供だけじゃない。犬まで衰弱している！」

そういう述懐はすべて、独り言になってしまう。そばに人がいないのではない。いるのだが誰も返事をしないのである。

ある日、女性の声で電話がかかって来た。

「Ｔ――でございますが、昨日、主人は亡くなりました」

「はあ……」

いきなりそういわれてもＴ――なる人の記憶がない。何者かわからないのにお悔みをいうというのも空々しい。何といおうかと考えている私を訝《いぶか》しんだか、

「佐藤さんでございますね？」

と念を押された。

「佐藤愛子さんでいらっしゃいますね？」

「はい、そうですが……」

そうだけど、T——さんて私は知らぬのだ。仕方なく、

「あの、どちらのT——さんでいらっしゃいますか」

「T×××の家内でございますが」

必死で脳ミソを絞った。いくら絞っても何も出てこない。といって、いつまでも黙っているわけにはいかない。

「あのう……もしかして、お間違いじゃないかと思いますんですが……」

おずおずいうと、

「ご住所は世田谷太子堂ではございませんか？」

「ハイ、そうですが……」

心細さと絶望と混乱。まさしく私は世田谷太子堂に住む佐藤愛子だ。もはや逃げも隠れも出来ない佐藤愛子だ。だが私は逃げたい。逃げたいが、いきなりガチャンと電話を切るのは失礼だ。

「あっ、火事だッ！」

と叫んで切ろうか。これが電話でなければ、ぶっ倒れて昏倒のふりをすることが出来るのだが。

「ごめんなさい、突然メマイが……」

とよろめいてもいい。動作でリアリティが出せる。

電話というものは何と不便なものだろう。（昔、借金とり攻めに遭った時は、声を変えて居留守を使っては、ああなんて電話というものは便利なものだろう、と感謝したものだったが）

その時、私の混乱に止《とど》めを刺すように電話の主がいった。

「実は主人の手帳がございまして、そこに佐藤愛子さんの名前が書いてあったものですから……」

「はあ……そうですか……」

もはやそういうほかに何の知恵も浮かばなかった。

——実を申しますと私、この数年来、次第にボケてまいりまして、人の名前、商品名、その他固有名詞のたぐいが、どんどんアタマから消えて行くのでございます。はじめの頃は「消えて行く」という形でございましたが、そのうち消えるも消えぬも最初《ハナ》から覚えていない——ハゲた頭に蝿が止まろうとしてツルリとすべって止まれないという古い歌がございますが、そのような感じで私のヒダのなくなってツルツルになった脳に固有名詞が止まろうとしてすべり落ちる——そんな感じでございましてねえ、ホホホホ……

電話を切ってからそんな台詞がタラタラと出て来て、佐藤愛子たるもの、平素えらそうなことをいっているのに、それくらいのことをいうべきだった、と思う。そう説明すれば先方も私の失礼を納得されたであろう。

それからというもの、折にふれてはT×××氏のことが思い出され、ああ愈々私は本格的にボケてきているのだ、と絶望的になる。何日経ってもT×××氏は混沌の記憶の奥に沈んだままだ。私の住所と名が手帳に書いてあったというから、何らかの接触があった人にちがいない。

「おい、今日はオレはウンコをしたっけね。どうだったね？」

便秘が気になる父は、日に何度もそう訊いていた。

「したじゃありませんか！　何回同じことを訊くんですか。朝の八時にですよ、お便所から出て来て、『おい、出たよ、こんなのが……』ってホクホクして指で寸法を示してたじゃありませんか！」

と母は殆どけんつくを喰らわせるといった調子でいい捨てる。その時の父の、心細げに当惑した顔が浮かぶ。体質気質、あまりによく似た父と私だ。私も今に、

「モモちゃん、今朝、おばあちゃんは朝ご飯を食べたっけね？」

と訊いては、

「そんなこと知らないわよ、わたしは学校へ行ってるんだもの」

ニベもなくやられて、ぼんやり「そうか……」と呟《つぶや》くようになるのだろうか。暗澹となる。

そのうちT×××氏のことを思い出そうとすると、「禿げたアタマに蝿が止まろうとして、ツルリとすべって止まれず」という台詞が浮かんでくるようになった。そしてそれにつれて遠い遠い記憶が引き出されてきた。

「禿げたアタマに蝿が止まり、

ツルリとすべってまた止まる……」

手伝いのばあさんがポンプで井戸水を汲み上げながら歌っていた光景が蘇る。

「すべって止まってまたすべる

この山素足じゃのぼられぬ……」

節《ふし》がすらすらと出てきたので歌ってみた。

「すべって止まってまたすべる」だったか、「止まってすべってまたすべる」だったか、どっちだろう？　何回も歌う。却ってわからなくなる。いやそれよりも「この山素足じゃのぼられぬ」の次に囃子詞《ことば》が入っていた。「ドッコイショ、ドッコイショ」だったか、「チョイナ、チョイナ」だったか、「ヨイヨイ」だったか……何だったろう？　いろいろ歌って験《ため》しているうちに混乱してきた。

ああ、困った。それがアタマにこびりついてどうにもならぬ。誰かに訊くにも、この歌を知っていそうな人は皆、死んでしまっている。学校時代の友達はいるけれど、「小学唱歌」ならいざ知らず、こんな歌を知っている友達がいるわけがない。

この歌は多分、「佐藤家の台所」での歌なのだ。そういえばあのばあやは一日中何やら妙な歌を歌っていた。若い時分、魚屋のヨメさんだったことがあったとかで、こんな歌も歌っていた。

「そら　買いなはれ
なんぼでも　買いなはれ
そら買い上手……」

あの時代の市場では、八百屋、魚屋、それぞれが手拍子とってそんなふうに歌っては客を呼んでいたのだ。

ああ、懐かしいなあ。私は小学校へも上らぬ頃だ。

「カフェ商売サラリとやめて
可愛い坊やと二人でくらす」

という歌もばあやから憶えた。

ああ、すべては過去の混沌の中に消えて行く。あのポンプを押す音、ザーザーとバケツに溢れる水音、うす暗いお勝手のタタキの上で鳴っていた高下駄の音。あの歌。あの家。

それはもう私の記憶の中にしか生きていないものたちだ。私が死ねば何もなくなる。存在しなかったのも同然になるのだ。何ともいえない寂寥がやってくる。この喪失感を押し戻すために私は、「ドッコイショ」だったか「チョイナチョイナ」だったか懸命に思い出そうとする。思い出せればこの寂寥を追い払えるのだ。

「ねえ、ちょっと」

と私は通りかかった娘を呼び止めた。

「インターネットというものは、なんでもわかる仕組みになってるんでしょう?」

「そうよ」

娘は今更何をいうのかという顔で私を見る。

「そんなら昔の俗謡なんかもわかるかしら」

「わかるかも知れないわね」

「調べてくれる？」

「いいですよ。俗謡って、何ての？」

「禿げたアタマに蠅が止まり……っての。ツルリとすべってまた止まる……」

「なんですか、それ」

「この歌詞を調べてもらいたいのよ。最後の囃子がドッコイショだったか、チョイナチョイナだったか、どうしても思い出せなくて困ってるの」

「ふーん。で題名は？」

「それがわからないのよ。思い出せないの」

「題名がわからなくてはどうしようもないわ」

「でも歌詞はわかってる。禿げたアタマに蝿が止まり、ツルリとすべってまた止まる……」

「そりゃムリね」

さっさと娘は行ってしまった。入れ違いに孫がやって来た。

「おばあちゃん、またヘンなこといい出したんだって？　おばあちゃん、インターネットというのはね……」

孫はたどたどしい説明を始める。この頃、孫めはこういう「えらそうな顔」が出来る時だけやって来るのだ。昔は私の語る「鉛の兵隊」の話を聞いて泣いたくせに。

「おばあちゃん、いい？　聞いてる？　わかってる？」

そんなもんわかるかいな。わかりたいとも思わんよ！

その時、あたかも天啓のごとくに私の頭に光の言葉が射し込んだ。私は叫んだ。

「スットントンだ！」

キョトンとしている孫に向ってまた叫んだ。

「そうだ、スットントンだった。題名は『スットントン節』だ！
　禿げたアタマに蝿が止まり
　ツルリとすべってまた止まる
　すべって止まってまたすべる
　この山素足じゃのぼられぬ
　スットントン　スットントン
　バンザーイ！　思い出したァ！　スットントン、スットントン！」

　一夜明ければ爽やかな五月晴。私は長い宿便が出尽した気分だ。娘を呼んで改めてこの数日の苦悶を話す。

「天啓のごとくに閃いたのよ、スットントンが……」

「ふーん、よかったねえ」

　娘は彼女の特性であるいつもの無表情でいい、

「しかし、それにしても、これは哀しい話だわねえ……」

しみじみといったのであった。

へとへとサッカー

六月十四日の午後四時頃、私は広島空港にいた。所用をすませて空港待合室へ行くと、フライトまでたっぷり時間があった。ベンチに坐って本を読んでいると、突然、

「ワーッ！」

という大歓声が周りから湧き起り、びっくりして顔を上げると、いつの間にか周囲のベンチはぎっしり人が詰っていて、その外側も黒山の人だかり。テレビが日本とチュニジアのW杯サッカーの試合を放映しているのであった。

私はサッカーというものをよく知らない。昔、私はハンドボールが得意だったが、あれの「脚で蹴るやつ」と思えばいいと誰かに教えられた程度の知識しかなかった。たまにテレビをつけるとサッカーの試合が出て来て、選手が入り乱れてボールを追

っかけたり蹴ったり、何だか喜んで抱き合い、押しくらまんじゅうしたりしている様を見ることがあるが、敵味方入り乱れて、どっちがどうなっているのかわからない。わけがわからないから見ようとしなかった。

そんな私でもW杯とかで日本と韓国が共同開催する、ということは知っていた。「日韓共催」と銘うつか、「韓日共催」とするかでモメているという記事を新聞で見たような気がする。日本を先にするか韓国を先に呼ぶか、そんなことどっちでもええがな、韓国を先にしなければ韓国が怒る、というのなら先にさせてやったらええやないか、ああもう、いろいろうるさいなァ、と思っていた。

その程度の関心しかない私が、気がつくとテレビのサッカーに熱狂する男性群の中に坐っているのだった。どうも居心地がよくない――怒濤の中の孤島という趣だ。とにかくうるさい。

「わーッ」「わーッ」と歓声を上げる男性たちの中、(若い女性もチラホラいたが)私の斜め前に私より三つ四つ年上と思える小柄なおばあさんが二人、借りて来た猫のように背中を丸くして坐っているのが目についた。二人が借りて来た猫になっているのは、サッカーには興味がなく、前後左右の熱狂の嵐の真ただ中に坐ってしまったことに困惑しているからであろう。キョロキョロと落ちつかず、右を見たり左を見たり後ろをふり返ったり、(その度に私と目が合う)こんな中に入ってしまって出るに出られず、どうしよう、という体《てい》である。右側のおばあさんの隣りに血気にはやる軍鶏《しゃも》のトサカのような青年がいて、「それッ!」とか「そこだッ!」とか盛んに喚いている。その度におばあさんはビクッとし、おそるおそる横から青年の顔を見上げ、心細そうにもう一人のおばあさんの方へ身体を寄せる。おののくおばあさんは青い薄物のカーディガンを着、もう一人は同質の黄色のカーディガン姿である。よく似ている。双子かもしれない。黄色の方はもう観念のマナコを閉じましたというように、テレビを見ようとせずじっと俯いている。青ばあさんは落ちつかず頻りに周りを見廻し、私と目が合うと「これは仲間」と思ったか、言葉わからぬ異郷で故国の人間に出会ったような、とり縋《すが》るような懐かしげな色を浮かべる。私

もほほえみをもって、

「かないませんねえ、この騒ぎ……」

という気持を籠めて見返す。折しも、

「ど、ど、どーッ……」

と地鳴りのような怒濤の歓声が上って、青ばあさんはとび上った。バンザーイと叫ぶ声。日本が点を入れたのである。私はばあさんに気をとられていて見ていなかったが。

それにしてもこのような、ど、ど、どーッという歓声が日本の男から発せられるのを私は久しぶりに聞いた。当節の若い女はやたらにキャアキャア叫び声を上げるが、わざとらしくて聞き苦しい。やはり歓声というものは男の、しかも意図的ではなく、自然発生的に噴出したものがいい、と思う。

そのうちフライトの時間が来て、搭乗アナウンスが始まった。男性陣はすぐには立たず、テレビに釘づけだ。まっ先に立ったのは二人のおばあさんと私——つまり三人ばあさんが搭乗口の行列の先頭に立ったのである。

「けど上手やねえ……上手にアタマで蹴りはるねえ」

と青ばあさんがいうのが聞えた。

蹴るという字は足偏であるから、足を用いるものと決っている。しかしあのヘディングというものは、まさしく「頭を使って蹴った」という趣だ。これを「実感言語」とでもいおうか。私は感心した。大阪弁にはこの「実感言語」が沢山ある。例えば「しんどい」がそうだ。

「あーあ、くたびれたァ」といって荷物をどしーんと下ろすよりも、「あーしんど……」といった方がヘトヘトの実感が出ているではないか。「しんどい」というのは「『心労』が転じたもの」ということだが、そう教えられても「ま、ええやないですか、そうお堅ういいはらんでも」、といいかえす。それほどの「実感名言語」であると思う。

大阪生れの私はこういう言葉を聞くと、嬉しくほっとするのだ。サッカーのヘデ

ィングを見て、

「けど上手やなあ……」

と感心するのも関西独特の表現である。いつだったか私は心斎橋を歩いていて、いきなり、

「いやァ、この人、佐藤愛子さんやないのん！」

と声をかけられた。

「いや、そうやわ。佐藤愛子さんや。写真とおんなじ顔してはる……」

東京ではこんな時はこういう。

「あら、佐藤愛子さんじゃありません！　失礼ですけど」

大阪は失礼もヘッタクレもないのだ。思ったことがそのまますぐ、言葉になる。

「わたし、今丁度、『血族』いう小説、読んでるとこですねん」

と彼女はいった。「血族」じゃない。「血脈」だ。だが訂正するほどのことでもないので「それはどうも」といっておく（何という殺風景ないい方だ、と思いつつ）。

すると彼女はいった。

「あの小説、上手やねえ……。ほんま、上手に書いてありますわ」

「上手」ねェ……。なんだかカラオケか子供のクレヨン画でも褒めてるようではないか。だが気持はこもっている……私が大阪の育ちであるためだろうか、私はそう思って嬉しかったのである。

大分前のことだがこんなことを思い出した。Sやんという旧友に久しぶりで会うと、Sやんは我々と共通の友達であるNさんのご主人が、「もう長いこと近所のうどん屋のおばはんとデケてしもてからに」。どう手を尽しても切れないのだといった。そのおばはんはハナペチャのたれ目で、どう見てもパッとせん年上の女なのに。

そういってからSやんはつけ加えた。

「それがねえ……上手やねんてぇ。そのおばはん」

「ふうーん……そら難儀やねえ」

と私はすぐに理解した。これが東京の上流なら、

「お上手？　お口が上手なの？」

「ちがうのよぅ。わかんない？　ホホホホ」

ということになるのかもしれない。

「つまりねえ、テクニシャンってこと……」

「アラまあ……」

とやっとわかる。いや、はじめっからわかっているのかもしれないけれど、そう早くわかっては品位に関わるから、わざと手間をかけているのかもしれない。

「なんや、カマトト」

と大阪ならいうところだろう。

思わず話は横道に逸れたが、二人のおばあさんの話をつづけたい。青カーディガンのおばあさんは（搭乗口の行列の先頭で）まだ「アタマでボールを蹴った」話をつづけているのである。

「けど、たいしたもんやなあ……よう頸の骨折れへんもんやなあ……」

「あんなことばっかりしてて、アホにならんもんやろか？」

と黄色のおばあさん。

「ほれ、昔イサオいう子、いたやろ。てて親があんまり頭叩くもんやからアホになったて……」

「そうや、いたなあ……けど、あれは叩かれたからアホになったんやのうて、前からアホやったんやというてた人いたけど」

そしてしばらく会話はと切れたが青カーディガンがまた始めた。

「頭蓋骨にヒビ入らへんやろか？」

と、まだヘディングの心配をしている。

「髪の毛ェあったらちぃとはましやろに、坊主にしてる人、いてはったなあ……」

黄色は答えない。青ばあさんはつづける。

「コブタン出来へんのかいな？　イサオのアタマ、コブタンだらけやったわなあ……」

黄ばあさんは面倒くさそうに、

「ありゃヤカンで叩いてたんや」

そこで搭乗が始まり、黄ばあさんは先頭を切って飛行機へと進んで行ったのである。


その日からサッカー嫌いの私が、テレビのW杯サッカーに齧りつくようになった。「頭で蹴る」サマを見ようとしたのが始まりである。細かいルールはわからないが、見ているうちにだんだん面白くなってきた。息もつかせぬ面白さというのはこのことだ。サッカーに較べたら野球はなんて暢気なスポーツだろう。早い話が苦労しているのはピッチャーとキャッチャーとバッターの三人だけではないのか？　攻める方はバッターを出して後はベンチで野次っていればいい（ように見える）。守る時だって外野が忙しいのはボールが飛んで来た時だけではないのか？　鼻の頭が痒ければ掻けるし、観客席の彼女に合図を送ろうと思えば送れる（だろう）。ベンチで水を飲んだりおしっこにも行ける。サッカーは選手ばかりか、テレビで見ている方もおしっこに行けないのだ。

忘れもしない六月十八日。日本はトルコと戦って一対〇で敗退した。日本がゴールを割られた時は二階から娘の悲鳴が聞え、ドタドタと階段を降りる音がして真赤に血が上ってふくれ上った娘の顔が現れた。

「ああ、もう！　これで何もかもオシマイだ！」

とガックリきている。私は、

「いや、まあ、こんなもんでしょう」

と冷静だった。考えてもみなされ。小学生の時からやれ棒倒しはイカン、騎馬戦はダメと闘争心を抑え込む教育を受けてきた若者に、どうして火と燃える負けじ魂が養われようぞ。

韓国を見よ！　韓国のあの俊敏さは燃え上る負けじ魂の力である。だがこっちは仲よしごっこで育っている。その若者がよくぞここまで戦った。赤鬼トルシエの苦労のほどが偲ばれるというものだ――。とまあ、そのように娘にいい聞かせていたのである。

日本が敗けたその夜は韓国とイタリアが戦う。私は一人でテレビの前に陣取って、イタリアが勝つにちがいないと思っていた。イタリアの選手はハンサム揃いで、それをイケメン軍団と呼ぶそうだが、スポーツに面《ツラ》を持ち込むのはスポーツを冒瀆するものであるからして、私はあえて面《メン》を無視し、しかしイタリアを応援していた。イタリアに勝ってほしいというよりも、韓国負けよ、という気持からである。

韓国がいかに日本をニクんでいるか。それはニクんでも余りあることをかつての日本が行ったからではないか、と責められると、悪うございました、というしかないのだが、それでも敗戦後の五十年は前科者の気持で、下手《したで》に下手にと卑屈になってそれなりの貢献もしてきているではないか。それでもまだ、謝り方が足りぬと怒られ、憎まれ、韓国のサポーターは日本が戦う相手を（どこの国であれ）応援し、日本がトルコに負けたと知ると（仁川の記者室では）躍り上って喜んだということだ。

そうか、そんならこっちにも考えがある。受けて立とうじゃないか――。そんな気持から私はイタリアを応援する気になっていたのだ。

試合はイタリア優勢でまず一点入れた。私はゆったり「よしよし」と頷き、これで日本と韓国が共に仲よく敗退する、オチャラカ同時でオチャラカホイだ。うらみっこなしでよろしい、と思っていた。

あと二分で試合終了だ。まずビールでも飲もうか、と立ち上りかけた途端、

「あーッ！」

アナウンサーの絶叫。韓国がどたん場で点を入れたのだ。

同点、同点！　あと二分というところで同点！

立ち上ったもののクラクラときた。十キロも歩いて辿り着いた時のような気分。立っていられない。ビールどころじゃない。水だ。水！

テレビは延長戦だと叫んでいる。だがこれ以上は見られない。見てはいかん。去年の夏の昏倒を思い出し、テレビを消す。お風呂へ入って寝よう、と思う。風呂場

の電気をつけたが、身体から力が抜けている。今、入っては危険だ。思い直してソファに戻る。

と、手はひとりでにリモコンに向って動いて、いつかテレビはついていた。延長戦が始まっている。そしてわーッ、韓国がボールを入れた。点を入れた！　韓国が勝ったァ！……。

壁を伝い歩きして台所へ行き、水を飲む。思いついて血圧計を取り出して計ると、上168の下84！

朝は140と76だったのに……。

もうサッカーは見なさんな、と娘にいわれ、私もそのつもりでいた。そのうち心身も回復したので、こっそりアメリカとドイツ戦を見た。これはどっちが負けても勝ってもよろしいという気持だったのではじめは気らくに見ていた。だがそのうち、韓国がアメリカを嫌っているらしいことを思い出した。（オリンピックのスケート競走で、韓国が走路妨害をしたとかで失格となってアメリカが勝ったことを憤っているとか。サッカーでアメリカと戦った際、点を入れた韓国の選手は、わざわざスケートの真似をしてあてつけたという。忙しい試合中に。そういう新聞報道があったことを思い出したのだ。まったく、しつこいなァ……）

それで私はアメリカを応援する気になった。アメリカに肩入れするとなると、ドイツのカーンという鉄人ゴールキーパーがにくらしくなってきた。この人のご面相は一旦にくらしいと思うと、どんどん憎らしくなるというご面相だ。

そのうち「待てよ」と考え直した。アメリカがドイツに勝って韓国と戦うとなると、これは韓国が勝ちそうだ。ドイツが相手なら苦戦するだろう。

そこで急遽、ドイツに変更。と、忽ちカーンのあのご面相が頼もしく、男らしく思えてきたのだから、人の心というものはまことに定めがたいものである。

二十九日。娘は、

「今日はダメよ。サッカーを見ては」

といいに来た。韓国とトルコの三位決定戦である。

「うん、見ない」

と答えたが、心中深く「見てやるワイ」と思っている。まずテレビをつけ、今日は落ちついてコーヒーでも飲みながら見ようと、コーヒーをいれてテレビの前に来ると、なんと、試合開始十一秒ではやトルコが一点、取っているではないか。思わず「わはゝゝゝ」と上機嫌になった。すると笑ったのも束の間、韓国はすぐに一点返す。しかしトルコは更に二点追加して三対一で前半を折り返す。

ゆったりと観戦するつもりだったのが、そうもいかなくなった。韓国は最後の最後まで気が抜けないチームだ。後半に入ると猛攻が始まり、もしかしたら、もしかしたら、と私は気もそぞろになる。間もなく思った通りロスタイムで宋鍾国が左隅にシュートを決めて一点入った。

「バカーッ」

と思わず怒鳴って、慌てて口を押えたのは二階の娘に内緒で見ていたことがバレるからであった。

ヤキモキしながら三対二でトルコ勝利。やっと試合は終った。まったく「やっと終ってくれた」という実感だった。これ以上つづいていたら身がもたなかった。血圧を計ると上179、下88。

階段に足音がしたので、慌ててテレビを消す。

「どうしたの？」と娘。

「なにが？」と私。

「なんだかヘンな顔して」

「そう？　なんでかな？」と首をひねってみせた。

そうしてW杯サッカーは終った。もうもうサッカーは沢山だ。娘にいわれなくても死ぬまで見ない。

やれやれ、これで私の血圧も安定することだろう。

おしゃべり考

「佐藤愛子さんにお目にかかって、いろいろお話をしたい」というご婦人から電話がかかってきたので、いろいろって何ですか、と訊くと、「日本の現状について、どうお考えかということを、私の所感なども含めて話し合いたい」ということだった。

丁度無聊《ぶりょう》を託《かこ》っている折から、先方の都合に合せて来てもらうこととした。白髪まじりの頭髪に黒い小さな帽子を戴いたグレイのスーツ姿のそのお方は、何かの知的な職業に就いているように見受けたが、

「ただ一介の主婦でございます」

ということだった。

「以前からわたくし、佐藤先生のお書きになるものを読んで、いつもそうだ、そうそう、その通りと心から同感して心強く思っておりました。この頃、あまりお名前をお見受けしませんし、たまに拝見しましても、前に較べるとどこかお元気がない、といいますか、つまり、今までのような威勢のよい主張が見られませんので心配になりましてねえ。もしかしたら達観されたのかと思ったり、それとも諦念かと考えたり……ホホホ」

なぜそこで笑うのか理由はわからないが、とにかくしゃべりが長い。

「この頃の世の中を見ていますと、ほんとに溜息がひとりでに出てきます。テレビは、あれは社会に害毒を流しますですねえ。テレビは社会を映すカガミだといいますけれど、カガミといっても鏡《キョウ》と鑑《カン》がありますでしょう。わたくしはテレビは鑑《カン》でなければならないと思っています。ですが今はただただ社会の低俗のみを映す鏡《キョウ》になっています」

そこでちょっと言葉が切れたので、私のしゃべる番かと思い、「そうですねえ

……」といいかけると、

「この前もテレビで若い女性タレントが料理のお皿を前にしていましてね……、わたくし、女性タレントが何かを食べる場面になるといつもテレビを消したくなるんです。けれどその時は外国のどこかの町でしたから、何か珍らしいものが出てくるかと思いましてね。見てましたら、なんですか、カキ氷の上にシロップみたいなものを垂らして、それを一口食べてですね、なんていったと思います？

『アマーイ……むかし、よくたべたァ……うーん、おいしーい……』

わざわざ外国まで時間とお金を使って行った、それがこの感想なんです。おいしいのならどんなふうにおいしいかを説明するのがタレントの役目じゃありませんか。タレントとは才能ということでしょう？　そんなことさえも多分知らないんですよ。知っていれば、うーん、おいしい、ですませるなんて恥かしいと思うでしょうからね。女の子ばかりじゃない、若い男だって何かといえば『マジすか』とか『マジィ』の一点ばり。これをカタコト文化と名づけたいですわ。今の若いタレントは六つか七つほどの幼児語を、カワイイとかキレイィとか、マジィとかくり返してそれで社会生活がやって行けるんですから、まったく日本の先行きどうなるんでしょう……」

彼女は二時間近くしゃべりまくって、あーせいせいしました。同じ考えの方とお話すると心が洗われたようですわ、といって帰って行った。正確にいうと「お話すると」ではなく「話を聞かせると」というべきなのだろうが。

まったく女はよくしゃべるようになった。文句（これを「社会批評」というらしい）をいうのがうまくなった。十年くらい前まではしゃべれない（あるいはたしなみとしてしゃべらない）女性が少くなかったから、私なんぞの悪態まじりのおしゃべりが目立ち、いいたいことをいえずに我慢するだけの女性群の、私は希望の星だったのだ。

だが今は普通の家庭婦人が痛烈な政治家批判をする（政治批判ではなく政治家批

判であるところが女性的）。教育論（子供の担任論、教師論）、日照権問題からゴミ問題、茶髪について、ダイエット、美容整形についてなど、何でもござれで意見開陳、しゃべりにしゃべる。加速度がついたか、先般は山崎拓幹事長の元愛人が登場して幹事長との「愛の交歓」ぶりをペーらぺらぺらしゃべった。いったい何の必要があってそこまでしゃべるのか、といいたいほどしゃべりまくったようだ。

かつては女が男女の「みそかごと」を公開する時は、愛憎の果の怨みつらみがあってのことだった。お岩さん、お菊さんだって、怨みがあったればこそ、幽霊になって出て来たことが許されるのだ。それが今は怨みつらみなしでいきなり現れ、しゃべりまくる。いったい目的は何なのか、何がウレしくてかくもしゃべるのか。

「いくらなんでもこれだけはいいません」

という、武士の情けというか、たしなみというか、恥かしさというものがあってもよさそうなものに。相手の寝顔の写真まで出していて、自分の方は名も顔も伏せている。戦いを挑むのなら、もの蔭から手裏剣を飛ばすようなことはせずに正々堂々の戦いをせよ、と思わず口走ると、彼女は戦いなんてしてるつもりはないでしょう、ただしゃべりたいだけなんですよ、とさる人が確信的にいった。

そういえば、クリントンの愛人だったという女性。あの人もペーラペラペラ、いわずもがなのことまでしゃべりちらしていた。顔や名前を堂々と出して、何やらはしゃいだ様子だった。

「ここがアメリカと日本の女性のチガイね、アメリカ女はあくまで開放的だけど、日本はやはりどこか閉鎖的です。蔭でコソコソしゃべって、後は人が広げるに委せるという、これは江戸時代からの長屋井戸端会議の伝統でしょうか」ということで、この人も相当のおしゃべりだった。

しかし、とその人はつづける。つまり、クリントンの方は単純な「出たがり」、こちらは「しゃべりたがり」……そういうチガイがあります。佐藤さんは正々堂々が好きだから、クリントンの彼女に点を入れるでしょうけど、そのためにクリントンだけでなく彼女も世界中に恥を晒《さら》しましたよ。『クリントンも趣味が悪いわねえ……』といわれて……。

「女と別れる時はうまくやらなきゃダメだぞ。男の値打ちはそこで決るんだ」

昔は父親や伯父貴や先輩たちが折にふれそういって若者を指南したものだ。しかし当節は「うまくやる」とはどうすることなのか、誰にもわからない。どんなにうまくやったつもりでも、今の女はしゃべるのである。古い話だが三本指を出して「これでどうだ?」と女を口説いたという元総理も、ぺーらぺらぺらとやられて失職した。ただ三本指を出しただけで、まだ何もしていないのに。あんまりじゃないか、と女の(おしゃべりの)ハシクレである私でも心から同情するのだが。

そんなことを思い歎いている折しも、一枚のハガキが届いた。

「佐藤愛子様方

王サマの耳はロバの耳係　御中」

そういう無記名のハガキだが、何年か前から時々送られてきている。今回の内容はこうだ。

「頭は惚けても足腰が達者な義母
糞も小便も汚いとは思わない様になり
柿の種子だと思ったら便。廊下を歩けば大量の小便。ポータブルトイレも紙オム
ツも何の役にも立たない。
半径５００ｍ以内に住んでいる義妹は
礼を口にしながら『もう年なんだから、先は長くないから』という。
そのセリフは義母が元気な十年前からいっているが義母に悪態をつかれるのが嫌
だといって二か月も顔を見せない」

いつ頃から始まったのか忘れてしまったが、この人が書いてくることは決って義母と義妹の悪口愚痴である。初めの頃は義母はまだボケてはおらず、専ら気の強さと我儘と悪態でこの人を苦しめていたように記憶している。年を重ねるにつれてボケの症状が出てきて、今回はついに「柿の種ウンコ」を落すようになったらしい。

「あらァ、おばあちゃん、いやねえ。私の身にもなってよう。ホントにまあ、なんてことなの……」

とブツブツいってばあさんを睨みつけるのがナミのおヨメさんがしてきた歴史的な対応なのだろう。だが、この人は多分、愚痴ナシ台詞ナシだ。ムッと黙りこくってそのへんのチラシをわしづかみ、柿の種ウンコをつかんで憤怒を籠めて生ゴミの袋にポイッ！　それからハガキを取り出して書くのだろう。

「佐藤愛子様方

王サマの耳はロバの耳係　御中」と。

王サマの耳がロバのように大きいことを知ってしまった床屋は、それを人にしゃべりたくてしようがない。そこで地面に穴を掘り、それに向って、

「王サマの耳はロバの耳、王サマの耳はロバの耳」

といって胸に詰った「しゃべりたい思い」を晴らしたという。

ハガキの主はこの床屋にヒントを得たのであろう。彼女は「たしなみの人」なの

であろうか。それとも愚痴をこぼせばどんなことになるかわからない怖い王サマが何人もいるのか。胸に湧く憤懣の捌《は》け口はどこにもない。そこで私を「穴」に見立てることにした。なにゆえこの私が「穴」にされねばならないのかはわからないが、勝手に穴にされた私はどうなるか。「穴」に甘んじている私だと思うのか。

このお話にはつづきがある。床屋が掘った穴からやがて葦が生えてきた。葦はすくすくと伸び、風にそよぎながら、

「王サマの耳はロバの耳

王サマの耳はロバの耳」

と歌い始め、王サマの耳のことは国中に広まってしまった。そのことを知った王サマはどうしたのだったか？

その後のことを孫を呼んで訊くと、孫はこう答えた。

「いったんは腹を立てたけれど、そのうち思い直したのよ。しゃべりたくなるキモチはわかる、といって、許したのよ」

うーん、大人物だ。エライ王サマです、と私は感心した。

しゃべりたくなるキモチはわかる！……

何という心理の機微をわきまえた王サマであろう。きっとこの王サマもおしゃべりだったんだなァ、だからわかるんだ。

すると孫はたしなめるようにいった。

「これは寛容を教えているお話なのよ、おばあちゃん！」

もしかしたらクリントンさんや幹事長さんもこの王サマと同じ気持なのかなァ。

それにしてもこの私は「穴」というよりも「葦」の方ですな。

花の時期

　この北の国の小さな町の、ささやかなホテルで、地元の人たちと食後のコーヒーを飲んでいるうちに、今日は八月三十一日であることに気がついた。八月三十一日といえば一年前、私が昏倒して病院へ運ばれた日である。東京から来た三人の出版社の人たちとここで食事をしていて急に気分が悪くなり、手洗いに立って昏倒したのだ。

「今日だわ！　ここで倒れたの、この場所。丁度今頃の時間！」

　気がついて思わず叫ぶようにいうと、居合せた人たち一斉に「えーッ」と驚きの声を上げ、

「そうだ……八月三十一日、今夜ですね！」

とホテル社長のAさんは感無量といった抑揚でいいながら時計を見て、

「八時二十分……時間も丁度、今頃ですよ！」

「そんなら今日は昏倒記念日なんだね！」

と元牧場主のSさんがいう。

「いや、さっきすしを食べた時、ホテルでコーヒー飲もうってことになって、それで来たんだけど……そういう因縁があったんだねえ……」

「虫が知らせたんだな」

何の虫かは知らないが、何だか私は一年前に死んだ人になったような。

それから話題は回顧談になったのだが、その仔細は既に本書の始めに詳述したので略す。ホテル社長Aさんはドシーンというもの凄いもの音に駆けつけると私が直立の姿勢で倒れていた。一瞬、死んだのかと思い、死んだのならパトカーを呼ばなければならないが、生きているとしたら救急車だ、どっちを呼ぼうかと暫く考えていたら、ふと私の手が動いたので、これは生きてる！　と思ってトナリへ電話をした、と去年何度もくり返した話をまた始めれば（トナリというのは消防署）私たちは既に何度も聞いている話なのに改めてアハハハと楽しく笑ったのであった。

その時、同道していた家事手伝いのH子さんが（彼女は去年の異変の際、いち早く東京から駆けつけてくれた。その時は私は一人で山荘で暮していたのだ）、こんなことを思い出した。

H子さんが飛んで来た翌日、知人の結婚式で愛知県へ行っていた娘が、報らせを聞いて一日遅れて着いたのだが、その時、娘はベッドの私を見るなり驚いていったという。

「――どうなってしまったの！　ママは……」

それほど私は面変りがしてしまっていたらしい。

「昨日はもっとひどかったんです、今日はまだましです」

とH子さんはいった。すると傍にいた地元の図書館の司書であるOさんが、

「おとついは昨日よりももっとひどかったです」

といい、三人は廊下で暗澹として顔を見合せたという。「顔色よくないわねえ」でもなく「具合悪そう」でもなく「大丈夫なの」でもない、「どうなってしまったの！」には驚愕が籠《こも》っている。心配よりも驚愕だ。それほど私はもの凄い顔つきになっていたということだ。

だがそのもの凄い顔でさえ、H子さんには「昨日よりまし」と思われ、その顔は更に「おとついよりまし」だったという。「おとついの顔」とはいったいどんな顔だったのか？

話を聞いているうちに私はその顔が見たくなった。それはただの「精気を失った顔」ではないだろう。幽霊のようだったとでもいうのか？　しかし幽霊というものはだいたい、蒼ざめて痩せ衰えているものだ。私はふだんから太ってむくみがちである。太ってむくんだ幽霊なんてあんまりないだろう。では水死人？　それに近いのかもしれない。私は思う。

水死人になった我が顔というものを是非見たいものだと。

少女の頃、私は自分の背中を見たいという気持に駆られ、それが叶わぬ現実にイライラし、絶望的になったことがあった。絶望的とは大袈裟な、といわれるかもしれないが、つまり私はそういう女の子だったのだ。

背中の次は寝顔だった。自分の寝顔もまた背中と同じように見ることが出来ない。そんな当り前のことにこだわるのは、自意識過剰というか、自己愛というか、自分についてすべてを把握、知悉していたいという欲求なのでしょう、と分析好きの知人にいわれたが、何だか知らぬがとにかく私にはそういう時があったのだ。

その頃、近所のおばあさんが死んで、

「なんぼ目ェふさごうとしてもポカーと開けてしまわはるんですわ」

「やっぱしなあ……」

「思い残すこと、おましたんやろなあ」

と家の者が頷き合っているのを見聞きしてキモを潰した。

「きれいな死顔とまでは願いませんけど、穏やかな死顔でしたといわれとうおますな」

「死顔は大事ですわ、その人の生きざまがわかりますもんね」

という会話なども耳に入り、同じ見ることが出来ないものでも、死顔だけは別。何でも見たがる私だが、これだけは見せてやるといわれても見とうない、と固く思っていたのである。

それよりウン十年を閲《けみ》して、社会の波風に晒され、戯文を書く身となり、好奇心、面白半分、いい加減さが身について、怖ろしい筈の己れの死顔をあれこれ想像するようになった。

「歯、喰いしばってたって。佐藤さんの死顔……やっぱり……そうだったのフフフ」

と思わず笑いが洩れる人。あるいは、

「へーえ、フヌケのようだった？　あの人がねえ」

と感心する人。

「エネルギー、使い果したのね」

「でもよかったんじゃない。使い果してくれて」

とほっとする人は、死後の怨念の存在を信じている人だ……など。そんな想像を広げると、自分の死顔が楽しみになってくる。水死でも何でもいい、一目見たいものだと思う。これぞ戯文家魂というものであろうと自讃したい。


ところで、ある日、つれづれなるままに見るともなくテレビに目をやっているうちに、私の脳裡にふとこんな想いが浮かんだ。

——去年入院していたあの時、お医者さんの回診は一度もなかったんじゃなかったか？

そのテレビは病院が舞台で、病棟を回診する医師の姿が映し出されていたのだ。

そういえばどこの病院にも主治医の回診というものがある。だがあの病院では最初に救急治療室で若い色黒のお医者さんに診察してもらった時以来、病室では一度も会ったことがない。私の病状が内科ではなく耳鼻科のものだとわかって、お医者さんが色白の人に代ってからも、一度も病室回診がなかったではないか……。

それに、あッ、そうだ！　あの病院では掃除の人も来たことがなかった……と思ったのはテレビの病室で掃除のおばさんが現れたからである。掃除ばかりじゃない、シーツの交換もなかった……寝巻きも……十五日間、同じシーツ、同じ寝巻きのままだった……。

何という手ヌキ！　いくら北海道の過疎の町とはいえ、この地域では唯一の総合大病院だ。ナースは皆、人柄がよく、食事も意外においしかった。十五日間のんびりと過して、早く家へ帰りたいと思ったことは一日もなかったのだ。

だが今、気がついた。医師は回診に来ず、掃除、シーツ、寝巻きの交換は一回もなかった……。何という病院だ。よしッ、この事実を私は断乎、社会に報らせるぞ。書く！　書いて反省を促す……。

丁度来合せた娘にその決心を話すと、娘は頓狂な声を上げた。

「来てらしたじゃないの、お医者さん……。はじめは色黒さんで後は色白さんが……」

「来てたァ！　毎日ィ？」

と私は驚愕した。

「じゃ掃除は？」

「掃除機の音がうるさいって怒ってたじゃない」

しばし沈黙。それから訊いた。

「そんならシーツは？」

「替えてもらってたわよう」

「寝巻きも？」

「そうよう。はじめのうち、横を向くと吐気がくるのでたいへんだったじゃない」

そういわれればば掃除機が物すごい音を立てていたような気がしてきた。濃霧の中から人影が見えてくるように、白衣の色黒さんが立ち現れてきた。茫然としている私に向って娘はいった。

「ママ、気をつけてよ。これからはやたらに何でも書かない方がいいよ」

まったくだ、書かなくてよかった。ほーっと吐息。冷汗を拭う。そういえば外来診療室で知り合った釣具屋のおじいさんは、

「まったく、ここの飯はひどいもんだねえ」

と歎いていた。私がおいしいと思ってパクパク食べていたゴハンを。

「ボケてたからおいしいと思ったのよ、味にうるさいママが」

と娘はいう。


ああ、ついに来るものが来たのか。固有名詞を忘れるようになったのは大分前からのことだが、それを第一期ボケ徴候とすると今は第二期に入ったということなのだろう。だが今はまだ注意されると濃霧が薄れて、

「そうか……そうだったか……」

と思い直す余裕がある。

「ゼッタイにそんなことはありませんッ！」

と頑張るようになると、これは第三期なのだろう。

それからというもの、旧友が集《つど》うと、決ってボケの話題になる。

「もし、わたしのいうこと、おかしいなと思うようになったら、遠慮しないで注意してね」

といい合うが、

「けど二人とも同時にボケたらどうなる？」

という問題につき当り、暗澹として言葉なし。折角注意しても、

「この頃、おかしいって？　誰が？　私が？　私のどこがおかしいというの」

と頑張って、そればかりか、

「彼女、この頃、おかしくなってるみたい。妄想が出てるようよ」

などと吹聴される危険もある。

「あなたは実の娘がそばにいるからいいわよう。私はヨメだからねえ……」

と長年の親友は心配している。ヨメさんは遠慮があっていいたくてもいえない、そのための心配かと思ったら、そうじゃない。ヨメは「仕返しどき」とばかりに彼女のボケを面白がったり、コケにしたり、嗤い物にしたりする危険があるというのだ。それればかりか、そのうちイジメにかかるにちがいない。わざとゴハン食べさせないでいて、「あら、おばあちゃま、さっき召し上ったんじゃないの」なんて……。

「召し上るなんて上品にいうところがいやらしいのよね」

と私は受ける。

「朝からこれで四回目よ。お忘れになったの？　食パン一斤ペロリと召し上っておいて……なんて」

「本当はバターロール一個食べさせてもらっただけなのに」

と親友。

「それだってね、カビの生えたカチカチパン。それからおとといの煮物の残りをクンクン嗅いで、まだイケそう、なんて食べさせる」

と調子が出てくる。

「それを私は何も感じずにパクパク食べる……」

「ヨメさんはお隣りへ行っていう。『うちのおばあちゃまったら、酸っぱくなったおかぼ、お鍋にいっぱい食べちゃったの。それでお腹もこわさないの、なんともないの……』」

「そういって笑うんだわ……ああ口惜しい……ああ怖ろしい……」

身を慄《ふる》わせつつ悲しい空想は果しなく広がり、そのうちいつか興が乗って悲痛な話が面白く元気になってくるのは、やはりめでたいというべきなのだろうか。

老後の楽しみ方、老後の健康法、美しい老後、老後の覚悟等々。世の中には老後について語る書物が溢れているが、それが参考になる人はいい。参考になっていると思える人もそれでいい。人の気持も本当にわかってないくせに、わかったふうなことをいうな、といえる人もそれでいい。そういっているうちが花なのだ。そうして老いた頭からこんな戯文を流し出していられる今が、私の最後の花の時期なのだろう。噫《ああ》……。

春来る

「二階に住んでいる娘の所へ用事があって上っていくと、何だか汚らしい、煙突の中を拭いた雑巾みたいなものが床にくねてある。

『なに、これは』

というと、

『猫よ』

と娘は答えた。……」

所在ないままに本棚を整理していて、ふと手にとった自分の雑文集をパラパラとめくっていたら、そんなフレーズが目に止った。

「よく見ると両目ともヤニでふさがっていて、辛うじて右目がポッチリ開いている。

毛色は黒とも茶とも鼠色ともつかぬ、ゴチャゴチャといり混って何色とはいえない痩せこけた仔猫だ。孫の友達のそのまた友達が道端で拾い、あちこち持ち廻った末に孫の所へ持って来たのだという。

こんな目チャチャ猫を飼うのかい、と私は顔をしかめた。」

その単行本の刊行は「平成十二年九月」とあるから、実際にそれを書いたのは平成十年頃のことだろう。

今は平成十五年二月だ。その間に私は二度昏倒し、目まいに悩み、特にこの半年ほどは寝たり起きたりのぶらぶら生活に入っていた。何をしてもすぐに疲れる。エネルギーがすっからかんになってます、と整体の先生にいわれた。八十歳が間近に控えているのだからすっからかんになったのは自然の成り行きというものであろう。これは無駄な抵抗はやめて自然に従った方がいい。そう考えて、少し大仰にいうなら「近づいてくる死の足音に耳を澄ます」という心境になっていた。

することといえば何もない。ないというより出来ないのだった。血圧を計っては血圧手帳に数値を書き込むことだけが日々の仕事である。それはグラフ形式になっていて、時々、お医者さんに見せに行かなければならない。グラフは上ったり下ったり、見ごとなほどの山谷《やまたに》がある。なにゆえ、かくも上ったり下ったりするのか、わからない。ある日の朝は上が１９０の下が90。かと思うと翌日は１５０の85に下っていて、なぜ下ったのかなァと思っていると、いきなり上１６０に下が１４５になっていたりして、上下の差が15しかない。いったいこれは何なんだ？　と思いつつ、グラフの棒線をつなげ、改めて眺めてはその高低のものすごさに殆ど感心する思いである。

血圧を計るほかはただぼんやりロッキングチェアに坐って庭に目をやっていた。庭を「見ている」のではない、ただ目を向けているだけだった。その目にハナが掘った穴や齧りかけのツッカケが映る。前なら忽ちガラス戸をグヮラッと開け、

「ハナーッ！」

裏隣にも響いているであろう大音声を発していたところだ。そのうち、

「この頃はハナは少しいい子になりましたね。前みたいにおいたをしなくなったわ」

と手伝いのH子さんがいうようになった。

そういえば転がっているツッカケは前からのものだし、穴も少くなっている。

「やっとおとなになってくれたのかしら」

そうかもしれないし、そうでないかもしれない。もしかしたらこの犬は怒鳴られたり叩かれたりしないと活力が出ないタチになったのかもしれないと思う。改めて目を転じると、ずっと前に齧ってボロボロにした孫のスニーカーを前に、気の抜けたような顔をこっちに向けている。沈滞の気がこの家を蔽っているのだった。

と、そこへノッソリ、音もなく大猫が現れる。二階で娘が飼っているルドだ。かつての目チャチャの仔猫が呆れるほど大きくなって、あのクサレ目もすっかり治り、びっくりしているような、まん丸の大きな目になっている。「大きなまん丸の目」と聞いて可愛くなったのね、と早合点するお方がおられるかもしれないが、目が大きくて丸いからといって可愛いとは限らないという顔の見本のような猫になった。まったくこんな無愛想な猫もそうはいないだろうと思われる。野良猫の中には大きな目をキッと光らせて、挑むように人間を睨みつける奴がいるが、それはそれなりに生存競争を生きるものの気迫があって容認出来るのである。ルドにはそんな気迫など全くない。ただムスッとしてふてぶてしく無表情だ。見向きもしないでノッソリ通り過ぎて行く。花台の上にヒョイと飛び乗って、私と同じように庭を見ている。

「ルド、どうした？」

と声をかけてもどこ吹く風。徹底的に人間を無視しようとしているらしい。生れて間なしに捨てられて、栄養失調の目クサレになった怨みがまだ消えていないのか。子供らの手から手へと渡っているうちに人間嫌いになってしまったのか。人に身体を触らせない。触ろうとすると逃げる。無理やりつかまえて抱き上げると、必死に踠《もが》いて飛び降りてしまう。同じ捨てられた境涯でも、ハナは拾って育ててくれた恩を忘れず、（穴は掘るけれど）どんな時でも（叱られた後でも）呼ばれればいそいそと走って来るではないか。なのにこの猫は何なんだ！

あの時娘は干柿が水浸しになったようなこやつを手のひらに乗せて獣医さんの所へ走り、クサレ目に薬をつけたり、ビタミン入りミルクを飲ませたりして、やっとナミの猫にしてやったのだ。やれ「焼のり味のドライフード」とか「チャオのホワイティミートにこしひかりのライス入り」とか「トリささ身チーズ」「デビフのささ身、かにかま、しらす入り」とか……聞くだけでも腹が立つようなご馳走を食べさせてもらって、こんな大猫になったのだ。ルドはその恩人にさえも抱かれるのをいやがる。しかし娘は私と違って気が長いから、

「変ってるのよ、この猫」

というだけである。


そのルドがある日を境にちょくちょく二階から降りて来るようになった。ルドは庭にいるハナに気がついたのだ。初めて二匹が顔を合せたのは暑い頃だったから、

居間のガラス戸は開け放しになっていた。そこへひょっこりルドが現れたものだから、忽ち大喧嘩になった。ルドを見て興奮したハナが、私の制止の怒号も聞かずにルドを追い、ルドは尻を高く上げて威嚇しながらハナの勢に押されて居間から廊下へと逃げ廻ったのだった。それ以来、ルドはしげしげとやって来るようになった。負けることがわかっているのに。

寒くなってきたので居間のガラス戸は一日中閉めている。ルドが来ると、ハナは猛り狂ってガラス戸を引っ掻き、入れないもどかしさに吠え立てる。ルドはそのガラス戸のすぐ前、冬の日射しがポカポカと射し込んでいる床にゆったり寝そべって、騒ぎ立てるハナを尻目に上向きになってお腹を丸出し。

「あったかーい、しあわせェ」

といわんばかりに「幸せ」を見せつける。ガラス戸がある限り、無事安全であることを知っているのだ。退屈すると、

「どれ、あのワン公はどうしてるかな」

という気分になるらしい。

私はその様もロッキングチェアから見ている。どっちを加勢するという気持はない。

——おもしろいなァ。

と思って見ている。まったく犬ってやつは単純なんだなあ、と思う。猫に較べると「阿呆」といってもいいほど単細胞だ。ルドがこれ見よがしにのうのうとお腹を出してみせても、

「ふン、それがなに？」

と向うを向いていればいいのに。（私ならそうする）

「ワイワーイ、楽しいなァ……」

と庭を走り廻ってやればいい。ルドは家の中から一歩も出してもらえない身の上なのだから。

だがハナは無我夢中でワンワンキャンキャン、ガラスを掻きむしるほか、何も考

えない。やがてルドは飽きて、身を起すとのっそりその場を立ち去る。あーおもしろかった、でもない相変らずの仏頂面で。取り残されたハナは気の抜けたようにガラス戸の向う。ルドの後姿を見送るその目は何だか名残り惜しそうなのであった。ほんとうにハナは哀れな単細胞だ。

私とルドとハナはそんなふうにして年を越した。

私は相変らずロッキングチェアに坐っている。血圧を計り、血圧手帳のグラフに書き入れる。相変らず上ったり下ったりだ。ある日、あまりに高い数値が出たので、試しにもう一度計ってみた。すると初めは上が１８０下が98あったのが、二度目は１６０と88に下っている。もう一度計ると、今度は１５４に83。更にもう一度計ったら、１５８の76になっているではないか。

もともと私はすべての機械というものに不信（というか反感というか）を抱いているものである。お医者さんの命令だから仕方なく血圧計を買って日夜計っているのだが、こうなってみると、「いわんこっちゃない」という気持がムラムラと湧いた。いったいどの数値をグラフに書けばいいのか、もしかしたら血圧計が狂っているのかもしれないと思い、新しく別のメーカーのものを買った。ところが、それもどうも怪しい。二つを計り較べてみるとまったく違う数値が出てくる。お医者さんへ行って計ってもらうと、この二つとはまた別の数値が出る。

故障かどうかメーカーに点検を頼んだら、間もなく返事が来た。異常はない、血圧は常に変動するものゆえ、毎日同じ時間に腕帯をしっかり腕に巻いて静かな気持で計れと書いてある。そんなことはいわれなくてもわかっている。毎日することもなく、血圧を計るだけの日々になっているのだから、時間もきちんと決めているし、じっと坐っているのだからいやでも静かにしている。「詳しくは同封の小冊子を参照せよ」というが、それも暇だからくり返しくり返し読んでいるのだ。

ここにおいて私は血圧計なるものを一切信じないことに決めた。血圧も無視する。しかしそうは決めたが、朝夕、計ることはやめない。お医者さんに見せる血圧手帳のグラフを作らなければならないからだ。数値はいろいろ出てくる。何度計っても同じということはない。計るたびに下って行き、170だった上が順を追って120まで下ったこともある。

面白くなってきて、じゃんじゃん計る。血圧手帳のグラフを開いて、はて、どの数値にしようかと考える。コレか、コッチか。よりどり見どりだ。頃合なのを見つくろって書き入れる。高低が目立っていたグラフは次第になだらかになり、

「ほう、安定してきましたね」

とお医者さんは喜んでおられる。人が喜ぶ顔を見るのは嬉しいことだ。

二月に入って私はロッキングチェアから立ち上り、台所でおかずを作ったりするようになった。まったくなくなっていた食欲が出てきて、少しずつ健康が戻りかけてきたようである。庭はいつか春めいてきていて、梅が二、三輪ほころんだ。向うの部屋でファクシミリが久しぶりに音を立てている。どこからか通信が届いたのだ。

消えていた仕事場の灯が再び灯ったという感じである。

この頃はルドがやって来てもハナは興奮しなくなった。さすがのハナも多分、馴れっこになって、飽きたのだ。ルドはつまらなそうにそのへんをうろうろしてのっそりと出て行く。

ところで血圧の方はどうかって？

本当の数値は幾つなのかわからないからお答えすることが出来ないのが残念である。血圧を気にしなくなったので元気が出てきたのか、元気が出てきたので血圧を無視するようになったのか、私にはわからない。

今様《いまよう》浦島

向うの部屋でファクシミリが着信音を立てているので行ってみたら、何の文字もない白い紙が出ていた。どうしたことかといぶかしく思ったが、わけがわからないのでそのままにしてテレビを見ていた。

暫くするとまた着信音が聞えた。行ってみるとまたもや白い紙が出ている。さすがに気になってあっちを開いたり、こっちを突っついたりしてみたが、元来そういうことにはうとい人間なので、へたに動かして壊してはいけないと思ってやめた。

こういう時に頼りになるのは娘だが、今日は孫の小学校の面談日とかで出かけている。娘が帰るまでこのままにしておくしかないと思い決めて、気にしないことにした。我が家は悪戯や無言電話が多いので、これは新手の悪戯ファックスかもしれないと思った。そんな悪戯が可能かどうか無知な私にはよくわからないが。

その後も時々ファックスは、鈍い音を立ててスルスルと白紙を押し出している。もしかしたらこれは、発信した人が返事を待ちかねて催促をしているのかもしれない、と思う。だが白紙ではどこから来ているものか皆目わからないからどうすることも出来ない。

何年か前、私の家ではさまざまな怪奇現象に見舞われたことがあった。電話はひっきりなしに鳴る。ファックスが着信音を立てるが、用紙は出てこない。こちらから送った原稿は真黒に塗り潰されたものが届く。かと思うと家中が原因不明の停電をして、東京電力から来た修理の人がやっと見つけた故障の原因は、電柱の一番てっぺんのところにある何トカいうものが引き抜かれていたためだった。なぜそれが引き抜かれているのか？　時々酔っ払いが電柱に上ってわるさをすることはあるが、この何トカを抜くには電柱のてっぺんまで上らなければならず、とても普通の人には上れない所にあるものだということだった。

あれこれ探索し調査した結果、それら一連の現象は狐霊によるもので、それはもと、この土地に祀られていた稲荷の祠《ほこら》を廃棄したためだということになった。廃棄したのは何を隠そうこの私である。なぜそんなことをしたのかと詰《なじ》られたが、貧乏になって庭の一部を売らなければならなくなり、そこにたまたま祠があったためにあっさり取り壊した。それでも一応は氏神さまのお焚き上げに出したのだが、それだけでは納得せず稲荷の配下の野狐《やこ》どもが、跳梁していたらしいのだ。

その後、お詫びなどして漸く怪奇現象は鎮ったのだが、それ以来、何かおかしなことがあると私には、

「さては……？　野狐めが又しても……」

と思う癖がついてしまっている。

この時もすぐにそう思った。そこで私はファックスの前へ行って直立し、昔取った杵づかというか、あの時に習い覚えた降魔《ごうま》護身の秘法を行った。

といっても修験道を極めたわけではないから、自信はあるようなないような。と

にかく形だけではない、気迫があれば効力を持つだろうという程度の自信である。

しかしそれだけでは足りないかもしれないと思って、おまけとして不動明王の真言を追加した。

「ノーマクサンマンダーバサラダンセンダ……」

と大声で唱し、

「ウンタラタカンマン」

と叫んで終る。

そんなところへ娘が帰って来た。

「なにしてんの？　ママ」

と訊く。こういう時、何も知らず、考えもしない人間の顔は実に間が抜けているものだと思いつつ、かくかくしかじかと説明する。娘は「ふーん」といってファックスを開き、

「なんだ、用紙のロールをサカサに入れてるじゃない」

「なにィ……」

そういえば前日、用紙がなくなりかけているサインに気がついて、自分で新しいロールを入れたのだった。

「なにがウンタラタカンマンよ」

と笑いもせずにいって、娘は二階へ上って行ったのである。


だから「文明の利器」はいやなのだ。私の少女時代は「文明の利器」というと、「電気電信電話」だった。試験の答案にそう書けばそれで満点だった。電燈は夕方になると点るもの（昼間はつかない）だったから、親は遊びに出る子供に、

「電気がついたら帰るんやで」

といった。夕暮の町にふと点る家々の門燈や街燈のうす黄色い光は、暖かな家庭、湯気の立つ食膳からの呼び声でもあったのだ。

また電話をかけるためには電話局の交換手という存在があった。

「『チリンチリン　もしもしもし』

『下谷の三百八十番』

『お話し中、お話し中』

『お話し中ということはない、もいちど呼んでみて下さい……』」

というような歌を、もと浅草の軽演劇にいたという書生がよく歌っていた。電話は人の介在によって成り立っていたのだ。

「おい、今の、間違ってたぞ！　これで三度目だ！」

「番号違いじゃありませんか。番号をよく調べて下さい」

「間違ってなんかいないいッ！」

と怒鳴ってよく見れば、３と５を見間違えていることがわかって、「すまん」と謝ったりしていたのも微笑ましく懐かしい。今は怒鳴りたくても、謝るにも相手がいない。

「プゥープゥープゥー」

と電話が音を立てるのは話し中、ということを知っている人はいいが、知らない人は何が何だかわからない。電話が壊れてるんじゃないかと思って途方に暮れるだろう。そんな人は日本中、どこを探したって今はいやしない、と娘はいうけれど、中には電話に向って「ウンタラタカンマン！」と叫ぶ人もいないとはいい切れないと私は思う。私の母は番号調べの回答の声に、いつも挨拶をしていた。

ある日のことである。電話が鳴ったので出ると、ツーツーツーという聞き馴れない音がつづく。もしもしといったが、ツーツーばかり返ってくる。電話を切ると又、かかってくる。受話器を取る。と又、ツーツーツーだ。

無言電話がかかって来た時などは、１３６を押すと今かかった電話の番号を教えてくれると聞いたことがあったのを思い出して１３６を押した。するとすぐに女の声で今かかった番号はコレコレであると返事がきた。それをメモして、こちらからその番号へかけてみた。すると、通話中の信号音がする。多分、テキは我が方に向って呼出しをかけている最中なのであろう。

受話器を置くと思った通り、かかってきた。取って耳に当てるとツーツーツー。これは新手の悪戯電話にちがいない。こちらも負けずに向うの番号をプッシュしつづける。そのうちやっと、普通のコール音が鳴るのが聞えてきた。相手が出るのを待ちながら、私はいうべき台詞を用意した。

「あなたに聞くけど、こんなくだらないことをして、何が面白いんですか！　ツーツーツーとうるさいわね。そんなに暇ならもっと人の役に立つことをしなさいよッ！」

そうして最後に「ろくでなし！」を加えるか「恥知らず！」をつけるか、それはその時の勢に任せよう……。

やがてカチャと受話器が外される音がして、「あなたに聞くけど」をいうより早く、

「もしもし」

穏やかな中年女性の声がいった。

この落ちついた声の女性が悪戯をするわけがない。声は人を表わす。こういうことをする奴の声はたいていダミ声で、いやらしく低声だ。高い朗らかな声の悪戯電話に私はまだ一度も出会ったことがない。

さてはこの人の息子だな、と私は推理した。さんざん悪戯をして、飽きて、どこかへ行ってしまったのだ。この女性が母親だとしたら、気の毒ではあるが、「お宅のノラクラ息子が何をしてるか知ってるの」くらい、イッパツかましてやるか？

「お宅の」

と口まで出かかった時、

「いやァねえ……無言電話」

という声がして受話器はガチャン！　と打ち下ろされた。いつも私がやる力イッパイのガチャン！　はこういう風に聞えるのだな、と思いつつ、私は受話器を下ろしたのだった。

その数日後のことである。

今は停年退職したK社編集部の私の担当だったSさんから電話がかかって来た。用件をすませた後、彼はこういった。

「実はこの間、佐藤さんの所へファックスを送ったんですがね、お宅は電話とファックスとは番号が違うんですね？　それなのにぼくは同じだと思って、何度も電話番号でファックスを送ろうとしてたんですよ。いくら送っても届かないもので、ふしぎに思ってKくんに訊ねたら、そりゃ違うよっていわれて……ハハハハ……」

一瞬私が思ったことは、「お宅のノラクラ息子」といわなくてよかった、ということだった。Sさんの所には息子さんが三人いる。


いやはや、まったく生きにくい世の中になったものだ。何が何やらもう、さっぱりわからない。

これを文明の進歩というのか？　人間はこういう「便利快適」を目ざしたという

のか？　人間相手の人生よりもコンピューター相手の人生を生きることを現代人は選んだ。今に人とのコミュニケーションは不要、コンピューターを理解すればそれでよしとする人間が増えて行くだろう。

電話をかけると留守番電話に設定されていて、声がいう。

「ご用の方はピーという信号音の後でメッセージをお入れ下さい」

メッセージを入れよというだけで自分の方は名乗らない。なぜならそれは肉声ではなくテープだからである。「こちらは××です」という名乗りがない相手に、どうしてメッセージを入れることが出来ようぞ。もし間違った相手にかかっているとしたら……と私は思う。間違っていれば当然、このメッセージは届かず、見も知らぬ他人が聞いて、

「なんだ？　ふン、間違いか」

の一言で消去されてしまうだろう。

「Kチャンたらァ、どして電話くれないのォ」

というような甘い声なら、あれこれ想像して楽しむこともあろうが、

「どういう気だ！　早く返せ三万円！」

いきなり怒鳴られたのでは不愉快この上ない。ファックスもまたしかりである。間違いなく届いたかどうか、人間がそこにいない限り、確認不能であるから（私なんぞは）安心出来ない。

この文明を楽しく生きる人はみな、気が長いなあ、と私は殆ど感心する思いだ。気が長い――いい替えれば「鈍感」ということになる。鈍感にならないと生きていけないのだ、今は。

「よろず合理的」ということを目ざして文明は進歩しているらしいが、その科学文明の進歩に添って人間は退化しているのではないか？　肉体も精神も素朴な感性まで根こそぎにされかけているのではないか？

インターネットにウイルスが侵入しているという声がテレビから聞えてくる。コンピューターにもバイキンがつくのか？

どんなバイキンかと娘に質問し、嘲笑に耐えて説明を聞いているうちに頭がボーッとなってきて眠気を催し、

「聞いてるのッ、ママ」

「聞いてる――」

昔も昔、小学生の頃、算術の宿題を前におふくろが声を嗄《か》らしていた時の、あの絶望感が蘇ってきた。

人はいう。そういう人は現代に生きる資格がないのかも、と。生きる資格？　生きる資格とは何だ。アホでも生きて行ける世の中にせよと私は叫ぶ。

まさにこの頃、私は浦島太郎の気持である。しかし浦島太郎は竜宮城でさんざん楽しんで来たのだから、変り果てた世の中にほうり出されても諦めがつくだろうが、私は楽しみなしの浦島だ。これが歎かずにおらりょうか。

猿山のボス

何週間か前のことだが、S新聞の「ポトマック通信」にこんな記事が出ていた。

「日本から米国ワシントンに向かう航空機で、ペンシルベニア州に本社を置くコンピューターソフト会社の役員と席が隣り合わせになった。（中略）十二時間の飛行時間の間、ビジネスからイラク攻撃、家族のことなどさまざまな話をした。その中で、印象的な言葉が一つあった。

『政府を信頼している』という言葉だ。

『イラク攻撃が予想されるし、テロが怖くないか』と尋ねたときだ」

そこまで読んできた私は、次に「彼女は」と書き出されているのを見て「えっ……」と思った。

「彼女は『軍隊、それに連邦捜査局（FBI）、中央情報局（CIA）など情報機関があるし、何より政府を頼もしく思っている』と歯切れがよかった……」

「ペンシルベニア州に本社を置くコンピューターソフト会社の役員」は女性だったのだ！

——女なら女と、はじめに書いてほしい。

私はそう思ったのである。私は、「コンピューターソフト会社の役員」は男性だと思い込んでいたのだ。なんとその役員は文章が半分過ぎたあたりで、はじめて「彼女」と書かれて、正体がわかったのである。

新聞記事というものは「主語をハッキリ、わかり易く、正確に」書かねばならぬものだと私は考えてきた。

「新聞記事は小説ではないのだから、気どったりもったいぶったりする必要はない。いや、そんなことをしてはいけないのである」

と私はたまたま来合せたフリーライターの若い女性にその記事を見せていった。

すると彼女は打てば響くようにいった。

「男だとか、女だとか、いちいちいちいわなくてもいいんじゃありません？」

いちいちいわなくてもいい？　なぜ——と訊く間もなく彼女はつづけた。

「第一、ずーっと読んで行けば、やがて『彼女』という言葉が出て来て、女性であることがわかるじゃありません？」

「それはそうかもしれないけれど、『そのうちわかる』よりも初めからハッキリしている方が手っとり早くていいじゃないの」

「でも、こういう考え方もありますわね。この記者は男女差にこだわることをやめようと考えている人かも。わざわざ、『女役員』と書くことは、女性差別に通じると思ってる……」

どうして「役員」の上に女性をかぶせることが差別なの、というより早く、彼女は私のいいたいことをいち早く察知したかのようにいった。

「今のところ我が国では女性が会社役員になるなんて、まだ稀です。役員は男性だという通念が世間にはありますわね。その通念に対して、あえて抵抗したのかもしれませんね、この記者さんは」

「抵抗？　どうしてですか。女性記者ならわからないじゃないけれど、署名は男性です」

「男性でもフェミニズムの賛同者はいます。ひと頃から見たらずっと増えてるんじゃないでしょうか」

「増えてる？」

思わず私は口走った。

「つまり、女の機嫌とりをして生き延びようという意気地なし男が増えつつあるということですか！」

彼女は私の見幕を見ていかにも面白そうに笑って、

「佐藤先生、本領発揮……ですか」

といったのだった。

そもそもこの問題を私が提起したのは、新聞記事というものは「主語をハッキリ書くこと、記述はわかり易く、感情を交えず正確に」をモットーとするべきものだということをいいたかったからだった。なぜか当今の新聞は主語をなかなか出さず、「なにを気どってる」といいたいような、曖昧な話の進め方をするのがはやっているように見受けられる。(殊にスポーツ欄がひどい)

「悩みに悩んだ一年だった。遠のいていくかつての栄光。眠れぬ夜がつづき、仲間の激励が却って辛い……」

いったい誰の話なんだ？　と辛抱して読んでいると、プロ野球の××投手がスランプを脱したという話だった。

「カーンと快音を残して、白球が青空に吸い込まれていく。スタンドを揺るがす大歓声――」

などと情景描写に熱を入れる余り、どのチームの誰がホームランを打ったのか、すぐにはわからない仕組みになっている。

「正しい報道姿勢とはいかなるものか」

私はそういうことを話題にしたかったのだ。

だが話はそこへ行きつく前に、なんだか知らないが、いつの間にか男女差別について の議論になり、行きがかり上私は「女の機嫌とりをして生き延びようという意気地なし男が……」など、いわでものことを口走って、「本領発揮ですか」とからかわれている。

時代は刻々に進み変って行く。それと共に進み変って行く体力も気力も私にはもはやない。私は老い、とり残されつつあることを感じないわけにはいかない。

ある日、天下に名だたるA新聞の女性記者から、数日前に死亡したさる出版社の社長についての電話コメントを求められた。かねてから私はその社長に敬意と親しみを抱いていたので、思うままを喋った。相手は年も顔も知らない一面識もない女性記者である。その女性がこういった。

「佐藤さんって人はなんでも人の反対をいいたい人だと思っていましたけど、褒めることもあるんですね……失礼ですけど」

「失礼ですけど」とつけ加えたことで、彼女は非礼を帳消しにしたつもりだったのだろう。

私のコメントは何の挨拶もなく没になっていた。

二十年来のつき合いのSさんは、もと私の読者だったが年が近いこともあっていつか親しい友人になった人である。彼女は昔は弱気な人だったというが、今はそういわれても信じ難いほど積極性のある人だ。彼女にいわせると私の書いたものを読んで、そのおかまいなしの強気の発言、捨台詞、啖呵を読んでは勇気を得、「今の私があるんです」ということだが、私が前記のA新聞社の女性記者がいったことを話すと縁なしメガネの下の細い目にキッと力が入って、こういった。

「で？　なんていい返したんですか？　先生は」

「『そうですか』っていったの」

「そうですかって……そうですかって……」

二度くり返すうちに瞳に強い光が走って、

「それだけですか？　何もいわなかった？」

「だってね、私も昔はずいぶんいいたいことをいっていたからねえ……。怒る資格はないような気がしてね」

「怒るのに資格がいるんですか！　資格もヘッタクレもない、怒りたいから怒る——それでいいんじゃないんですか！……」

なんだか懐かしいような言葉だと思ったら、それは昔、私がいっていたことじゃないか。

「でもね、こういう人に怒ってもね、大A社の権威主義が染み込んでいるんだから何をいってもこたえない。しようがないのよ」

「しようがないって！　先生は今までいってもしようがないことをいっぱい、いって来られたじゃないですか。怒ってもしようがないと思うのは普通の人で、それをカンカンに怒るところが先生の先生たるゆえんだったんじゃないですか……だからこそ私は」

いいさして彼女はふと言葉を切り、

「先生！　もしかしたらご病気ですか？」

心配そうにいったのだった。

病気？　そういえばこの状態は病気のように見えるかもしれない。（普通の人ならそうは見えないだろうが）つまり私は「普通」になったのである。
二、三日してSさんから電話がかかって来た。
「この間、先生がいってらしたことなんですけどね、この頃、日本語はメチャメチャになってきているってこと――」

と彼女はいった。

私は思い出した。S新聞の「香港通信」の欄で、鶏にインフルエンザが蔓延したために百二十万羽の鶏が処分されたという記事があり、

「香港ではニワトリの英霊を慰める大法要が寺院で営まれた」

と書かれていたこと。

「鶏の英霊とは何ですか！　英霊とは戦死者の霊をいう言葉じゃないの！」

と私は息巻き、つづいて、私のエッセイ集の紹介記事を書いてくれるというので応じたインタビュー記事のタイトルに『佐藤愛子さん、語るに落ちる』、とあったこと。何たる無智かと（人によってはなぜ憤慨するかわからない人もいるかもしれないが説明するのももう面倒くさい）憤慨し、更に調子に乗って、オリンピックのフィギュアスケートの実況放送に呆れ返ったことを話した。

「ＮＨＫのアナウンサーがこういったのよ。『女子シングル、堂々の五位です』って。堂々の五位ってことはないでしょう。堂々の金メダルとか、堂々の優勝とかいうのならわかるけど、五位で堂々！　それならうちの孫はいつも運動会で堂々五位だわ。ビリから二人目だけど」

「わたし、佐藤さんのいわれたこと、姪の娘に話してやったんですよ。勉強になるかと思ってね。そうしたら姪の娘はこういうんです。『あのねえ、フィギュアスケートの場合は十九人も出場するのよ。だから、五位といっても十九人の中の五位だから、堂々といってもおかしくないわ』って……。十人出場して堂々五位といったらおかしいけどって……」

「ふぅーん……そういうことなの？……」

というしかない。

「そういうことなんですって」

Sさんはいった。

「そうしたら、姪の娘ったら、薄ら笑いを浮かべて、『へーえ、佐藤愛子さん、そんなこといってるの、カワイイね』ですって」

「カワイイね」？　これは「バカね」よりこたえた。

孫の小学校が休みになったので、孫と二人で逗子の仕事場へ行った。そこは仕事場と称しているが、当節は仕事のために行くほど忙しくないので、のんびりしに行った、といった方がいいだろう。孫との二人暮しであるから、結構威張っていられる。孫が襖をきっちり閉めずに部屋を出て行くと、早速見つけて怒鳴った。

「アホの三寸、ノロマの二寸！」

それは私の母から散々いわれていたことで、頭のしっかりしていない者は、部屋の襖や障子をきちんと閉めないのだ、という比喩的お説教である。つまり一寸が三センチであるから、アホは通った後を九センチほど、ノロマは六センチほどきちんと閉めないで行ってしまう。即ち戸の閉め方ひとつ見ても、アタマがしっかりしているかどうか、その人の品位までもわかるのだから、いつもキチンとしていなければいけないのだと演説をぶった。

するとし、孫はいった。

「それってサベツ的表現じゃないの！　そんなことといったらいけないのよ、おばあちゃん」

「だから、それは明治の人がいったことで、それを今、ちょっと借用しただけで……つまりおばあちゃんのいいたいことは……」

孫はもう聞いていない——私もいうのをやめる。

折しもテレビで猿山のボス猿が新興勢力に追い落とされて、岩山の蔭に呆然と坐っている後姿が映されていた。ボスは力なく立ち上がってノソノソ歩く。ほかの猿どもは知らん顔をしている。かつては彼の一歩一歩に道を開け、一所懸命に毛づくろいなどさせてもらっていた連中が……いやその連中ばかりでない、チビ猿までも知らん顔だ。そのボス猿の気持はいかなるものか。

「年々歳々花相似たり
　歳々年々人同じからず
　言を寄す全盛の紅顔子
　応《まさ》に憐れむべし半死の白頭翁」

私はボス猿と共にそう吟じたかった。

低能の憤り

娘が妙に真面目くさった顔で、ノートと鉛筆を持ってやって来た。このところ娘は孫の桃子の算数の出来が悪いのを気に病んでいる。だがそういう娘自身も算数がダメで、祖母の私に到っては殆どアホといってもいいくらいであるから、いくら気に病んでもどうすることも出来ないのである。佐藤家では私と娘ばかりでなく、私の父も兄もダメだった。あまりにダメなので、どこそこに算数の天才児がいると聞いても尊敬するどころか、「だからあんなひょうたん面になるんだ」とか、「そんな奴は出世せん」などと毒づいて、まるで算数の出来ない自分たちの方が上等の人間であるかのようにいいなす家風だったから、私なども算数が低能であることに引《ひ》け目を持たず、堂々と低能のまま生きて来た。娘もそんな母親の元でなるべくして算数アホになったのである。

だがここへ来て、娘は我が子のために心配をしてやらなければならない、と考え始めたようである。桃子は小学校六年になって、急に算数が出来ないことが目立ち始めたのだ。もしかしたら学校の先生から注意されたのかもしれない。娘は殊勝にも我が子のためにわからない算数と今になって取り組もうと考えたのだ。そうしていったい桃子はどこがどの程度わからないのかを検討しようとして、その「わからん度」を計るために私の部屋へやって来たというわけなのだった。

その「わからん度」を計るために娘がさし出した問題を次に記す。

「A子さんの体重は20kgで、お父さんの体重の3分の1です。お父さんの体重は何kgですか」

「こんなのやさしいよ、お父さんの体重は60kgだ」

「その数式は?」

「数式? そんなもの簡単よ。A子はお父さんの3分の1ということは、つまりお父さんはA子の3倍だということでしょ。20×3は60――。そんなもん、式もヘッタクレもあるものか」

するとするとと娘はいった。

「でもね、20÷1/3=60――それが正しい式なのよ」

「なに割る？　なんでそんな面倒くさいことするの。20に3かければ簡単じゃないか」

そこで娘といい争いになる。（読者諸氏は何という低レベルの話かと驚かれるかもしれないが）

「じゃあね……この問題はどう？」

と娘は次の問題を出した。

「消費税5％は小数を用いると0.05です……」

「当り前よ。いくらママでもそれくらいわかります」

「そこで100円の物を買うといくらお金を払うことになりますか……」

「きまってる。105円でしょ。100×0.05=5。100+5=105……」

「それではいけないらしいのよ」

「いけないい？　何がいけないい！」

「これはね、100×（1＋0.05）＝105　こうなのよ」

「100×（1＋0.05）＝105?!」

私は呆れ返った。

「この1＋0.05の1は、いったいどこから出て来たんだ！　なんでそんなムリなことをする……」

「怒らないでよ、つまり、100を1と見なすのね」

「なんのために？　えっ！　誰がそんな余計なことを決めたんだ！　100×0.05＝5　100＋5＝105……これが一番わかり易くていいんだ。ではなにか、豆腐屋の親父さんも豆腐売るたんびに1＋0.05からやってるのかい？　そんなね、簡単にすむものをわざと面倒にするものだから桃子だってわからなくなるのよ！」

いい合っているところへ桃子が学校から帰って来た。

「あ、いいところへ来た。ちょっと来なさい」

と呼んで、消費税の問題を読み上げた。

「この答、桃子わかってる？　100×（1＋0.05）……こんな式を使うの……」

「そうよ、それでいいのよ」

あっけなくいって桃子はさっさと自分の部屋へ行こうとする。私は呼び止め、

「桃子、ホントにあんた、それで納得してるの？」

「何を？……それでいいのよ」

といって行きかけるのを引き止め、

「じゃあね、これはどう？　A子さんの体重は20kgでお父さんの体重の3分の1でした。お父さんの体重は？」

「20kg÷$\frac{1}{3}$」

「ワルのかい？　3カケルじゃないの？」

「ワルのよ！」

と二階へ行ってしまった。私と娘は顔を見合せ、

「なんだ、わかってるんじゃないか」

「とにかく私たちよりはわかってるんだわ」

といい合ったのであった。

翌日、娘はまたやって来た。

「あのね、桃子がわからない問題はこれなんだって」

と問題を見せる。

「濃度8%の食塩水440gにさらに20gの塩を加えると、食塩水の濃度は何%になりますか」

よろしい、考えよう、と私は鉛筆を取り、まず、440＋20と書いた。そう書きはしたが、後がつづかない。

「それからどうなるの？」と娘。

「だからよ、440gの食塩水に20gの塩を加えたんでしょ。だから足したのよ」

「だから、そのあとは？」

「だから、その食塩水の濃度——前は8％だったんだから……つまり……20ｇの濃度を出せばいいのだ……」

「そんなことわかってることよ、なにいってるの……」

その時、遥か茫漠の彼方に沈みし混沌の中から浮かび上ってきた断片がキラリと光った。

「x」である。

「そうだ、xを使う……」

しかし思考はそこで停止し、xは虚空に浮いたまま、何も産み出さない。頭の中で心棒がブワーンと音を立てて回転しているような、気が遠くなって行く前兆のような、これ以上無理に脳細胞を使うとどこかがプツンと切れて、本モノのアホになってしまいそうなただごとならぬ気分になってきて、私は考えるのをやめた。

二日ほどしてM銀行のTさんが来た。このところTさんは私に「積立利率変動型ナントカ保険」なるものを勧めている。だがその朝、別の銀行のYさんが「投資型年金保険ナントカ」の勧誘に来たばかりなのだ。更に前日、別の銀行からも何やら勧める人が来ている。ここで「ナントカ」とか「何やら」としか書けないのは、こうなるともう何が何やらわからなくなるからで、それでも「これも浮世の義理」と考えて一所懸命に聞こうとすると、例の頭の中の心棒がブワーンと廻り始める。はじめのうちは低能を隠そうとして、行き当りばったりの質問をし、

「え、ですから、先ほども申しましたように」

そういえば聞いたことがあると思えるような説明をくり返されて、恥かしい思いをしなければならない。こうなったら仕方ない、正体をバラそうと思い決め、

「あのね、実をいうとわたしはこういうことがわからない人間でしてね。何度聞いても、拒否反応が起きてわけがわからなくなるんですよ。子供の頃から算数バカだったんです。利息がナンボですから、ナンボお得、といわれても、ピンとこないん

です」

と白状する。警察の取り調べだと、真摯な面持ちで白状すればすぐに信じてもらえるのだろうが、銀行員というお方は何とも手に負えない。せっかく私が真実を告白しているのに、

「いや、ご冗談を」

と愛想笑いをしてペコリと頭を下げ、

「それででございますね」

尚もしつこく説明が始まるのだ。

「待って下さいよ。ホントにわたし、そんな説明をされればされるほど、わからなくなるんです。わたしはね、アホなんですよ。どうか信じて下さい」

切々と訴える。だが相手は、

「とんでもない！　先生がアホだったら私なんぞどうなりますか！」

と笑ってペコリ。

私の声はもどかしさに慄《ふる》える。だんだんに大声になっていき、この私はいかにアホであるかを納得させるために、昔、夫の会社の借金をわけのわからぬままに肩代りした話を持ち出し、しかもその借金に刻々高利の利息がつくことも考えなかったものだから、馬車馬のように働いて返しても返しても借金が減らない。さすがにそれには気がついて、これは金貸しどもが私をアホと見てごま化しにかかっているにちがいないと思い込んで、怒鳴り散らした、という恥かしい過去まで話し、

「ですからね。つまり、その時からわたしは金の損得を無視して生きるようになったんですよ。いくらトクするかソンするかなんてことを考えていたら人間が萎縮する——そう思って生きてきました。今のわたしがこういうことに拒否反応を起すのは、あの時の後遺症なんですよ」

そういって、やっと相手を黙らせた。ナニ、ホントは後遺症なんかじゃない。その前から算数バカだったのだ。

私はM銀行のTさんに、アホである証拠を見せるべく、例の食塩水の濃度につい

ての問題を見せた。

「あのね、これ、ちょっと見て下さい。これがわたし、チンプンカンプンなのよ。小学校六年の算数がわからない……」

「ハイ？　算数ですか……ハーン、なるほどこの問題ですか……」

「解いてみて下さる？」

Tさんは傍の紙キレにスラスラと鉛筆を走らせた。

x g ÷ 440 g ＝ 0.08
「つまり原点はこれですな。そこで応用式としましてですね、えーと……」

と書いてあるのだけはわかったが、後は「なにやら書いた」としかいえないのは、その用紙を間違って屑籠に捨ててしまったからである。

「答はこれです。12％です」

「なるほどね（なにがなるほどねだと思いつつ）そうなの……さすがねえ、Tさん……」

と感心して茶菓を勧める。

「わかったでしょう？　わたしがどんなに算数バカかが……」

「いえ、いえ、とんでもございません。低能だなんて何をおっしゃいます。莫大な借金をきちんとお返しになられた方が……」

低能だから返せたのだといってるのがまだわからんのか！　私にあるのは馬力だけなのだ！　馬力があればアホでも生きていけるのだということを認めよ！

私は世の中の勉強（特に算数）の出来ない子供たちの手本となって、励ましたいのである。なのに世俗の代表者であるらしい銀行員は、頑として私のアホを否定する。言葉がスムーズに染み込まない会話ほどイラつくものはない——。そういって怒っていると娘はいった。

「大丈夫。心の中ではアホだと思ってるから」

翌日、M銀行のTさんはまた来た。そして私はついに「積立利率変動型ナントカ保険」に入った。なぜ入ったのか？　多分くり返し説明されているうちに、アタマの心棒が鳴り出して、それを止めるためだったと思う。

低能ひとりぽっち

M銀行のTさんが、『ニャロメのおもしろ数学教室』という本を持って来てくれた。小学校六年の孫の算数の問題が孫は勿論、私も娘も皆目わからない、我が一族がそれほどひどい算数低能であることを心配したTさんは、我々の勉強のためにその本を買って来てくれたのだ。『ニャロメのおもしろ数学教室』は私がかねてより天才と敬ってきた赤塚不二夫先生が書かれたものである。「天才バカボンのパパ」のような人物は天才にしか書けないのである。

「これはたいへんためになる本です。これで勉強すれば、面白がりながら算数がわかるようになります」

とTさんはいった。

「ここにはバカボンのパパが出て来るんですか？」

と訊くと、出て来ます出て来ます、と力強くTさんはいう。それはそれはとニッコリして本を開くと、「第一章0の発見」とある下でニャロメが、

「大昔の人間は数を知らなかったのニャ」

その横でバカボンのパパがいっている。

「わしは今でも知らないのだ」

気に入った！　こうでなくちゃいけないといそいそと頁をめくる。バカボンのパパがママからリンゴを買って来て、といわれて八百屋へ行く。

パパ「リンゴくれ」

八百屋「へーい、いかほど」

パパ「たくさん」

八百屋「たくさんね。へーい……こんなもんですか」

パパ「それじゃすこしなのだ」

八百屋「じゃこれくらい？」
パパ「たくさんすぎるのだ」
八百屋「じゃへらしてこんなもんじゃ」
パパ「すくなすぎるのだ」
八百屋「これでは」
パパ「多すぎるのだ……早くたくさんくれっ！」
八百屋「じゃあはっきり数をいってくださいよ、数を！」
パパ「数って何なのだ？」
八百屋「バカヤロー！　帰れっ！」
と手当り次第リンゴを投げつける。
パパ、拾って「ただで十コひろって帰るのだ」
ドロボーッと八百屋は追いかける。そこへ「ちょっと待ちニャ」とニャロメが登場。
ニャロメ「バカボンのパパは正しいのニャ」

八百屋「なんで！　なんで！　なんで！」

ニャロメ「未開社会の人は数を数えられないのニャ」

私は大いに満足し、Ｔさんに感謝した。

「これはいい本です。笑いながら算数のお勉強が出来るわ」

と勉強に（いつもつけたことのない）「お」までつけたのだった。

Ｔさんが帰った後で改めて目次を見ると、「第二章　分数の誕生」とある。そもそも私は分数が出て来たあたりから低能の兆が出たのだったわ、などと思いつつ次を見る。

「第三章　アルキメデスの原理」

「第四章　ゼノンのパラドックス」

とだんだんむつかしくなる。ゼノン？　ゼノンてなにや？　と思いつつ読み進むと、

「……ゼノンは無限という概念に心をひかれていました。自然界にいつも現われる

無限の概念を考えに入れなければ、科学は真実を追究できないと考えていました。……（中略）ゼノンが投げかけた無限についての逆説が、逆に長い間、数学の中から無限を追いはらう結果になり、ふたたび人類が無限に挑戦した十七世紀になって、あの微積分学が誕生することになったのです」

と「ゼノンのパラドックス一口メモ」という解説がついている。これを漫画にするなら、「ガーン！」という吹き出しが、私らしきバアサンの頭の上から上っているところだ。うちのめされて巻末を見れば、解説を書かれた矢野健太郎先生がこう結んでおられる。

「……数の歴史からはじめて、最近話題になりつつあるカルツァ・クラインの理論を論じるところまできた赤塚不二夫氏の勉強ぶりに負けずに、諸君もこれらの歴史をふり返って、いささかロマンチックになられてはいかがであろう」

うーん、ロマンチック！　ここでもうひとつ吹き出しが「ガーン！」と上り、私の目は渦巻き状になっている。何だか赤塚先生に裏切られたような、いやァ本格的天才だったのだと恐れるような複雑な気持になった。

私はこのご労作を娘に譲ることにした。とても私の手に負えぬ。本を持って娘の所へ行くと、娘は机に向って鉛筆片手に一枚の紙を睨んでいるところだった。私を見るなり、

「ねえ、これ、おかしいと思わない？」

と鉛筆で紙を叩く。見ると「算数再テスト」とある。「再テスト」とあるのは、前のテストの成績が悪かったので、追加テストを出されたのだろうと思う。どうせ読んでもわかりっこないが、これも浮世の義理だ。とにかく読む。

「父の身長は私の身長の1と37分の7倍で、母の身長は父の身長の11分の10倍です。私と母の身長差は12㎝です。３人の身長をそれぞれ求めなさい」

私、暫し沈黙。その私を娘はじーっと見ている。

「何なんだ！　いったい、この問題は……」

ひとまず怒った。その台詞がもはやパターンになってきていることはわかっている。だが、それしかいいようがないのだ。

母の身長は父の身長の11分の10倍――？　何だかおかしい。ピッタリこない。11分の10倍？　くり返して呟き気がついた。「倍」とは何なのだ？「倍」とは。ピッタリこないのはこの「倍」のためだ。11分の10ならわかる。11分の10倍とは、倍とは……？

やっぱりママもそう思うのね、と娘は我が意を得たりと勢こんで、

「『母の身長は父の11分の10です』ならわかるのよ。でも倍がついてるものだからここで引っかかるのよ」

私は広辞苑をひき、「倍」とは「同じ数を二つ合わせた量」と読み上げた。

「『同じ数の重なる度数をあらわす』とも書いてあるわ」

「そうでしょう？　そうでしょう？……おかしいわよ、この問題！」

娘は鬼の首でも取ったように息巻き、

「こんな問題、わかる方がどうかしてるわよ」

と怒ったところ、だんだん私に似てきた。

私は編集者のSさんに電話をかけて訊ねることにした。Sさんは理数が大得意で、本来ならばその方面に進んでノーベル賞候補になるところを、なぜか出版社に入ってしまった、というお方である。

私はSさんに「11分の10倍」についての疑念を述べたが、その口調はつい憤慨調、詰問口調にならざるを得なかったのである。だが常に穏やか、春風のようなSさんは、私をなだめるようにこう答えたのだった。

「国語の見地からいいますと、確かにおかしいということになります。しかし数学の世界ではそう決っているんです」

「決ってる！」

私は叫んだ。

「いつからそう決めたんです！　誰が決めたの！」

「誰がといわれると困るんですが……つまり……そういうことになっているんです。

ですから、そういうものだと思って……」

「四の五のいわずに従えというんですかッ！」

その見幕にSさんは途方に暮れた笑い声を洩らしただけだった。

翌々日の日曜日、私が昼寝をしていると、おばあちゃん、おばあちゃん、と孫が起す。

「出来たよ！　わかったよ！」

声が勢こんでいる。夢うつつに、

「何がわかったのよ……」

「この間の算数……父の身長は私の身長の1と37分の7倍で……の問題。解けたんだよう……教えてあげるから起きてよ」

「いらないよ！　そんなの」

「いいから起きて。聞きなさいよ」

「あとで、あとで」

と寝返りをうった。わかったただと？　ホンマかいな、と思いながらまた眠った。

夜になって娘が嬉しそうにやって来た。あの問題を孫は自力で解いたのだという。

「それでね、桃子に解けたのだから、あたしに解けない筈がないと思って、ずーっと考えてたの。そうしたらパッとわかったのよ。算数というものは、糸口が見つかるとスルスルとね、毛糸がほどけていく感じでわかっていくの」

「ふーん。そりゃよかったね」

としか私にはいえない。

「つまりね、余計なこと……11分の10倍の倍とは何だなんて、こだわらないで、素直に考えてると糸口が見つかるのよ。わかってくると面白いものよ……」

うるせえな。わかったのならそれでいいじゃないか。なにも「見せびらかし」に来なくても。といいたかったが、いうのも口惜しくて、いえなかった。

それから何日か経った六月のある日、私のもとに「T大学付属高校国語入試問題」

と表題のついた印刷物が送られてきた。中を読まぬままに居間のテーブルの上に置いていたのを孫が手に取っていたが、そのうち鉛筆を持って来て何やら書き始めた。潜める。切実。捜す。安住。

など、カタカナに漢字を書き入れている。この子の得意科目は国語なのである。

「これでいい？　合ってる？」

という。どれ見せてごらん、と取り上げて読むと、前にどこかで読んだことがあるような文章である。

「……かつて日本が貧しかった時代、日本人は——殊に青年は人生について社会について自分自身について本気で考えたものだった。なぜ働けど働けど貧しいのか、なぜ権力はこのように強大なのか、なぜ自分の命を戦場へ捨てに行くのか。どれも素朴なしかしセツジツな疑問だった。若者は社会の矛盾に気づき、闘うか妥協するか、全体のために生きるか、個人の幸福を優先させるかを迷い、考え、憤った。(1)己の無力卑小さを嘆き、思うにまかせぬ現実に切歯扼腕して苦しみ、そして考えた。

……」

なんだ、これは私の文章じゃないか。何年か前に書いた「我々が考える葦ではなくなったこと」というタイトルのエッセイだ。いやはや、若気のいたり。何とも気恥かしい、田舎弁士の演説だ。そんな私の気持も知らず、孫は問題を読み上げた。

「問二、傍線部(1)という青年の様子を簡潔に言い換えた部分を本文中から七字で抜き出しなさい。句読点等も字数に含めます……むつかしいの、この問題。わかんないんだけど……」

と私を見る。

七字？　なんで七字でなくちゃいけないのだ。しかも句読点等も字数に含めます、とは……ムッとしながらそれでも考える。孫が答えを待っているから。もう一度読み返す。句読点を入れて七字？　また読む。そのとき孫がいった。

「苦しみ、考えた……これで七字になるけど。これでいい？」

それで七字に当て嵌まるのならそれでいいんだろう。だがどうも釈然としない。

これは「電報のうち方テスト」か？

怒りながら行きがかり上、次の問題を読む。

「……だが経済大国になった日本の社会は、自由と豊かさによって『考えない日本人』を作り出した。いかに生きるかについて考えなくても「フツー」(2)にしていれば生きていけるのである。青年が考えるとしたら大学受験と就職を考えればよいのである……（後略）」

「問三、傍線部⑵の「フツー」には筆者のどのような思いが込められていると考えられますか。もっとも適切なものを次のア〜エの中から一つ選び、記号で答えなさい。

ア、日本の西欧化された生活や文化に対する疑問。

イ、日本における豊かさや自由に対する不安。

ウ、日本の管理化されたシステムに対する反感。

エ、日本にはびこる軽薄な風潮に対する批判」

孫はイに○をつけていて、「当ってる？」と訊く。

「うーん」と唸って、私は困った。アもイもウもエも私にはピンとこない。アもイもウもエも気に入らないが、答えはアでもいいし、イでもいいし、ウでもエでもいいでしょうという気持だ。あえていうとしたら、こんなアテモノみたいなテストはするな、といいたい。自分で考えた文章で答えを書くことが大切なのだ。それをさせないで、今の若者は文章力がない、語彙が乏しい、などと歎いても始まらないのだ。

「おばあちゃん、わからないものだから怒ってるの？」

と、孫はいう。それから頓狂な声を上げた。

「アレッ、ここに『佐藤愛子氏の文章による』って書いてある。これ、おばあちゃんの？」

仕方なく、「そうだよ」という。

「自分で書いといて、答えられないの？」

「こんなつまらん質問に答える必要なし！」

「そんなことといってたら高校に受からないよ」

「いいのです！　受からなくても。おばあちゃんなんか、昔の女学校、今の高校二年の学歴しかないけれど、一人で刻苦勉励してこういう大人物になったのです！」

孫は子供ながらに歎息していった。

「算数だけ出来ないのかと思ったら、国語もダメだったんだねえ……」


孫の宿題に「100マス計算」というのがあって、足し算、引き算、掛け算、割り算の単純計算問題が100ずつ並んでいる。仕上げの許容時間は2分でその時間はストップウオッチで計る。私はそのタイム係を引き受けることにした。ストップウオッチ片手に、

「ヨーイ、スタート！」

と叫ぶ。時には「バンッ！」とピストルの真似をする。そして「終った！」という孫の声と同時に「よしッ！」とストップボタンを押す。これがなかなか面白い。

昔、父が競馬場へ行っては、持馬の走るタイムを計って一喜一憂していたのを思い

出す。あれはこういう気持だったのか、と思う。

「惜しい！　2分5秒！　もう一息だ！」

と熱中するものだから、孫も調子づいてだんだんタイムがよくなってきた。

「よしッ！　ジャスト2分！」

といっていたのが、2分を切るようになり、1分40秒台になり、ある日、勇んで学校から帰って来た。

「今日の100マス計算、一番だったよう！　1分40秒！」

思わず私は、

「バンザーイ！」

と躍り上った。走らん、ダメ、あかん、といわれていたうちの馬が、大穴で1着にきた時の父の気持はこうだったのか。なにも、そんなに喜ばなくても、と娘はいったが、私は嬉しい。孫の役に立ったことが。

我が性《さが》かなし

八月一日に北海道浦河へ来て、丁度一か月経った。来て三日目に風邪をひき、それがこじれて、気温が下ると咳が出てくる。とにかく寒い夏である。一日中太陽の光が降りそそいだ日は八月でたった一日しかない。来る日も来る日も朝から厚い雲が蔽っていて、たまに午後になって陽が射す時があるという程度。

例年なら今頃は夜明け前から昆布採りの小舟が幾艘も出て、私が起きる頃はもう、干し場にくろぐろと採りたての昆布が並んでいるのだが……。その昆布採りも（日照時間が殆どないため）たった一日で終ってしまった。しかもその日の午後は雲が出て十分に干し上らなかった。

毎年、夜になると岡の上にある私の家からは、まるで沖合に街が出現したようにイカ漁の漁火《いさりび》の列がキラキラと輝くのだが、今年はそれが見えない。沖はいつも暗く空と融け合っている。

たまたま焼肉屋で隣り合った漁業組合の人に私は訊ねた。

「今年はイカはどうなってるんです？」

すると、

「昼間来るようになったのさ」

という返事である。

「昼間に来るの！」

と私は驚いた。夏の間だけこの町に住むようになって三十年近くなるが、イカは夜来るものと思っていた。私が思っていただけじゃない。そう決っていたからこそ、イカ舟たちは夕方になると沖へ向って港を出て行ったのではないか。

「なぜなんです？　どうして昼間来るんです？」

と私は追及したが、漁協の人はあっさり、

「わからないネ」

といい、

「昼間来てくれれば電気代が浮くってネ、漁師は喜んでるよ」

と機嫌よくニコニコしていた。

この世は刻々と異常になりつつある。異常な人間が増え、異常な犯罪が起り、世界中が異常気象に見舞われて、ヨーロッパでは暑さのために死者が出、日本は冷夏に慄《ふる》えている。北の農作物は全滅だ。それに加えてイカよ！　ついにお前まで異常になったのか！　私は思う。これは地球滅亡の前兆ではないのか？

その翌日、私は道で漁師の山口っあんに会ったので、「山口っあん山口っあん」

と呼び止めてイカのことを訊いてみた。すると山口っあんはこともなげに、

「市場の時間に合わせるために昼間獲るんだァ」

といい、スタスタと行ってしまおうとする。

それを呼び止めて、

「どういうこと？　それって？」

と喰い下った。

「札幌のセリが始まるのが夜の八時からになったんだ。その時間に合わせるから、昼間獲ることになるんだァ」

「そんならイカは昼間でも沖にいるってこと？」

「そうだよ。いるのさ」

そういって山口っあんは行ってしまった。

私は釈然としない。イカは昼間でもいると山口っあんはこともなげにいったが、それはこの頃のことなのか、昔からそうだったのか。昔からそうだったとすれば、なぜ何十年もわざわざ漁火をつけて夜釣りに出かけていたのか。あの光り輝く漁火代だってバカにならない出費だろう。そんなカネを使ってまで夜の釣りをしていたとは考えられないから、おそらくイカが昼間来るようになったのは最近のことにちがいない。潮流の関係か、水温か？　はたまたイカの生態に異常が発生したか？

これは由々しき事態ではないか。そのわけを私は知らねばならぬ。

私は塚野さんのところへ行った。塚野さんは病弱になって今は漁師を隠退しているが、この集落ではもの識りで且論客である。塚野さんのところには、二人の現役漁師が来ていた。早速私はイカ漁を夜しなくなったのは、イカが昼間に来るようになったからだと聞いたが、本当か。だとしたら、なぜイカは昼間来るようになったのかと訊いた。

すると、白髪頭にドングリ眼《マナコ》の老漁師がいった。

「昼間だけじゃない。夜もいるべさ」

「夜もいる！」

「うん、いる」

「そして昼もいるの？」

「いる」

「いつから？」

「いつからってか。ずっと大昔からだァ」

「昔から？……じゃあなぜ昔は夜出てたの？　あの漁火だって、何百ワット」

「いや、何百なんてもんじゃねえ。何千だ」

とアイヌ系の大男が口を挟んだ。

「ああ、何千ワットね。そんな電気つけてお金かけて、昼間いるのにわざわざ夜出てたのはなぜなの？」

「そこが漁師のアホなところさ」

と目玉の親爺さんはいう。この親爺さんはイカ漁とは関係がないらしい。

「イカってやつは昼間は深いところにいるんだ、夜になると浮き上ってくるのさ」

と塚野さんが補足した。私は漸く理解し、

「あ、そうか……。深い所にいるやつを獲るのはたいへんだから、浮き上ってくる夜を待った……そういうことね」

「そういうことだ」

なるほど、何千ワットの電気をつけるのも底にいる奴をおびき寄せるためだったのだ、とやっとわかる。それならそうと、もっと早くわからせてほしいものだ。

「それにしても、市場が夜の八時にセリを始めるのはなぜなの？」

「わかんねえな。向うの都合だべ」

「向うの都合？　どういう都合よ？」

「わかんねえな」

夜の八時にセリが始まるのでは、夜釣ったイカは次の夜まで持ち越しになる。だから昼間釣ることにしたという理屈はわかる。

「けど底の方にいるイカを釣るのはらくではないんでしょ」

「うん、まあ、そうだな」

それでも市場が夜の八時になったから、それに合わせるよりしようがないということか。

「全体に魚はうすく（少く）なったな。どんどんいなくなる」

と目玉の親爺さんがいった。

「それは底曳船のためじゃないの。底曳船が魚の稚魚も卵も根こそぎ浚《さら》ってしまうから魚が育たないんでしょ。なぜ底曳きを禁止するように働きかけないの？」

かねてから思っていたことだから、思わず声に力が入る。すると塚野さんがいった。

「それでもなあ。そこで働いてメシ食ってる人もいるからなあ……」

「そりゃそうだけど……」

そういいながらだんだん首を絞められていて、それでいいのか？

すると目玉親爺がいった。

「少くなったといっても魚はいるさ。一匹もいなくなることはないべさ、海があればな」

その言葉は私の肺腑を突いた。ああ、口舌の徒にわざわいあれ！　ここは一切理屈なしだ。理屈いわずにすべてを受け容れる！　そうだった、これが本来「生きる力」というものなのだった。

田中M子さんは私と同年輩の、長年の私の読者である。二十年くらい前から手紙や電話のつき合いをしているが一度も相まみえたことはない。一年前にご主人が亡くなり、そこそこの遺産とたっぷりの暇を手にした。これからは今までにしたくても出来なかったこと、社会参画をして、残りの人生を有意義なものにしたいと思っています、という手紙が来てから一年近くなる。その後、田中さんは「自分史」を書き、今はすべてのことに好奇心を抱き深く考えることを信条としているという。

その日の彼女の電話の主題は、「男というものはなんてアワレなんでしょう」ということだった。若い頃は「男ってなんていやらしいものか」と思っていたが、この頃はアワレを感じるという。というのも三日に一度は新聞にセクハラの記事が出るからで、

「ほんとに、鳥のなかない日はあっても、ごいちじいさんが歌う声が聞えない日は

ありませんでした……と小学校の読本にありましたでしょう。あれを思い出すんですわ、私」

といい、

「うらのはたけのォ水車のそばでェ
日がないちにィち　歌うこーえ……」

と歌い、「今、これをセクハラの替歌にしようと考えてますの」

と笑う声は元気イッパイなのだった。そして田中さんは「アワレな男」という題の短文をファックスで送ってきた。

「男は元来、哀れな生物である。なぜかというと、生れつき攻撃的な欲望を神から与えられているからで、その欲望の力で敵と闘い、生きる糧を取得し、女子供を守り扶養したのである。強い性欲も種の保存・繁殖のために与えられている。

しかし現代という機械文明の時代が来て、敵と闘って斃《たお》す必要はなくなり、闘争本能は退化したが、性の欲望だけは残っている。しかしその欲望を古《いにしえ》の男のように男らしく発揮するには、あまりに女が強くなった。男が女を選ぶのではなく、女に選ばれるようになった。結婚生活に於てもイニシアチブをとり要求し命令するのは妻の方である。性生活に於ても男は女を満足させなければならなくなっている。そしてだんだん負担を感じるようになり、いつとはなしに気力体力が減退して女にひけ目を感じるようになり、我慢に我慢を重ねているうちに、我慢の毒素が廻って、突然ムラムラとくる。このムラムラがセクハラのもとではないのだろうか」

そして「乞ご批評」とあり、さらに追伸として、「読み返してみると、長年佐藤先生のエッセイを熟読して影響を受けていることがわかります」とあった。

身すぎ世すぎのためといいながら、これまで私は世の中の現象を眺めては批評批判、分析、意味づけのたぐいをあまりにやり過ぎた。今は、昔鳴らした遊蕩児が年をとって腎虚になったような気持、といえばいいか、

「少くなったといったって魚はいるさ。海があればな」

といった目玉親爺に倣って、単純素朴に現実を見る、理屈をいわずに現実を受け

容れる、御託《ごたく》を並べるのはやめようと思いはじめている今日この頃だ。

男がいやらしいものか、アワレなものか、情けなくなったか、同情の余地があるかないか、そんなことをいったところではじまらないのだ。昔は恨みつらみを晴らすために一心に男批判をしたこともあるが、今はもう男なんぞ、遠い景色の中の影法師だ。

「乞ご批評」といわれても、「なるほどね」という言葉しか浮かばない。考えるのも面倒だ。返事をしないままに何日か経った。

するとある夜、電話がきた。前の論文（？）については何もいわず、すぐに本題に入ったのは、それほど大問題が起きて気持が昂揚していたということであろう。

大問題というのは早稲田大学生たちの集団レイプ事件である。だが私は新聞記事で見た程度の知識しかない。そういうと田中さんは改めて「週刊文春」の記事を辿りながらあらましを説明し、それから始まった。

「だいたいね、イベントだとかいえば上等らしく聞えますが、要するに酒飲み会なんですよ。それくらいのことは女子学生たちだって知っていたと思うんです。そんな所へノコノコ行くなんて、常識なしも程があります。この記事によりますとね、一人の女子学生など、六月にイベントに参加し、そのひと月後にサークル幹部とかの男とまた会ってカラオケに行っています。そこは入口にカーテンが下っていて、靴を脱いで入るんですが、部屋にはなんと、敷布団が丸めて置いてあったというんですよ。でも二人はお酒は飲んでません。ソフトドリンクをオーダーしたというから酔ってはいません。

そのうち男は女の子に迫った。記事によると、彼女ははじめは軽くかわしていたが、それからあっさり服を脱がされたというんですね。そしてヤラれたんです。男は口を開けろといい、男根を口に入れてきた……叫ぼうと思っても叫べなかった……」

ここで田中さんは一息入れて声を改めた。

「部屋に敷布団が置いてあるとわかった時に、なぜ逃げようとしなかったんですか！　あっさり服を脱がされたとはなにごとですか。洋服から頭や腕を抜く時は、自分から脱ごうとしない限り、『あっさり脱がされた』ということにはならない筈ですよ。叫ぼうと思えば叫べばいいじゃないの！　なぜ叫ばないのか。叫びたくなかったからでしょう。口を開けろといわれた。アーンと開けた。なぜ開けるんですか。突っ込まれた男根をなぜ嚙み切らないのッ！」

「まったく……ひどい話だわ……」

気がつくと私はいっていた。

「男が悪いことは決ってるけれど、女も女だわ。女子大生でしょ――小学生じゃないんだからねえ。女子大生としての常識、見識を持ってほしい」

田中さんは我が意を得たりと弾んで、

「そうですとも、そうですとも。今の若い女は男をナメてますよ！　昔は男を頼もしいと思ってましたけれど、その反面、怖いとも思ってましたよね、親からよくいわれたじゃないですか。男の人に気をつけなさいよ、って、馴れ馴れしくされても乗ってはいけない、男は狼になることがあるって……けれども考えてみますと、女がナメるようになったのは、男がダメになったからじゃないですか。女の機嫌とるおとなしい羊になった……でも羊の顔した狼もいるんです。それが女にはわからない。これは先生、何なんでしょう。なぜ若い男女はここまでなり下ってしまったんですか？」

そう質問されるといつか、私はトチチリリンの三味線に誘われて踊りの一足を踏み出したばあさん芸者となって、

「女は男をナメている。男も女をナメている。ナメつナメられ、またナメつ。これでアイコでしょう」

と調子づいてしまった。

「だいたいね。セクハラセクハラって騒ぐけれど、お尻半出しのスカートはいて駅の階段上ったり、おヘソ出すやら、巨乳を見せびらかすやら、あれでは男は刺激されてムラムラときますよ。セクハラセクハラと騒ぐのなら、刺激するのをやめれば

いいんです。野良犬に焼肉を見せびらかしたら、犬は喜んでやって来る、そいつの鼻面蹴っとばすようなものですよ。あわれ男はとんで火に入る夏の虫。男ってバカよ、と浮かれてたら、その夏の虫が毒虫だったりして……」

と止まらない。

「ああ、よくいって下さいました。胸がスーッとしました。先生、聞いて下さい、まだあるんですよ」

「まだある？　何が？」

「さっきの話のつづきです。ことの後、女子学生は放心状態で表に出て、ドン・キホーテという店の前に立っていたら、その男がやって来て『今日は来てくれてありがとう』といってね、いいですか、先生！　聞いて下さい。五百円玉をですよ、『これ電車賃』って渡したっていうんですよ……」

「五百円玉を！……で、受け取ったの？」

私は叫んだ。

「投げ返してやるべきですッ！」

「そこがこの『週刊文春』には書いてないんです」

「なに書いてない？　そこが肝腎なところじゃないのッ！　受け取ったとしたら文句はいえない。彼女は一切すべてを容認したことになりますよッ！」

ああ、長い年月に染み込んだ性《さが》はどうにもならないのであった。

満員電車で押されているうちに男が女のお尻につい手を出してしまうのはこんな気持なのかしらん。

夢かうつつか幻か

こんな夢を見た。

私はホテルでの何かのパーティに出ていて、これから挨拶をしようとしている。その時、佐藤さん、電話です、といわれて、電話に出ると男の声がいった。

「トクダです……今、下に来ているんですが……」

「トクダさん？　ああ、三田の」

と私はいっている。

「慶応のトクダさん？」

「ええ、そうです」

「まあ、懐かしい……今どこです？」

「下にいるんですが」

「下のどこ？」

というち、「佐藤さん、お時間です」と係の人が呼びに来た。

そこで目が覚めた。

目覚めた後の、ぼんやりした気持の中で思った。

——トクダ？　誰だろう？

その名前に覚えがある。だが近頃のことではなく、それは遠い昔に知っていた名前だ。夢の中の私は「ああ、三田の」といい「慶応のトクダさん？」といい、親しさ懐かしさがあったかいお湯のように湧き出ていた。「お時間です」といわれた時のがっかりした気持が目を覚ました後も残っている。

トクダ……トクダ……。誰だろう？　私の遠い過去の中で知り合った名前であることは確かだ。だがそうはいっても、夢の中であれほどの親しさ懐かしさが蘇ってくるほどに深い関りのある人物は思い当らない。

古い記憶の沼をまさぐる。といっても私くらいの年になると、二十年前、三十年前、四十年前、五十年前、六十年前……と盛り沢山なので、そのためこれは記憶なのか、妄想か、錯覚か、マボロシか、はっきりしなくなっている。考えれば考えるほど混沌の中に引きずり込まれるばかりである。

私の脳裏には、色白で小柄、やや女性的でおとなしい青年の顔がさっきから浮かんでいる。それは夢の中にいた時から浮かんでいたのか、目が覚めてから浮かんだものか、よくわからない。そしていつか私はその人、トクダ氏は昔、北杜夫さんの友達として知り合った（その頃学生だった）人物だったような気がしているのだった。

トクダさんと思われるその人とは、北さんの妹さんが主催したクリスマスだったかのパーティで会った。昭和二十六年頃のことだから、五十二年ばかり昔のことになる。妹さんの主催であるから極めて無邪気なもので椅子取りゲームなどがあり、負けたものは、その後で始まるソシアルダンスではパートナーの代りに大根を抱えて踊らなければならない。

トクダさん（と思われる人）は椅子取りゲームで負けたので大根を抱えて、笑いもせず極めて真面目に踊っていた。彼が印象に残っているのは多分そのためである。だがそんなことは今、五十二年ぶりに思い出したのであって、遥か忘却の彼方に沈んでいた。そのトクダさんがなぜ今頃、八十になった私の夢の中に出て来るのだろう。

夢の中のトクダさんが大根踊りの彼である証拠は何もない。だがその人は色白で小柄、見るからにおとなしそうな良家の子弟といった品のいい青年だった。それは間違いない。トクダという名前は、「色白、小柄、おとなしそうな風貌」と結びついている。

それから何日か経ったが、折にふれそのことを思い出す。気になってしようがない。それを確かめるには北杜夫さんに訊くしかないのである。もう何年も会っていないのに、藪から棒に「大根抱えて踊ったトクダさん」のことを質問するなんて、普通なら「ヘンな奴」ということになるのだろうが、相手が北杜夫だから、ま、いいか、と思ってダイヤルした。電話口に出た人に名を名乗ると、

「ただ今、奥さまはお留守でいらっしゃいますが、旦那さまに申し上げます」

といわれる。ダンナサマか……あの北モリが……似合わないよと思いつつ待つ。ややあって北さんのいつも力のない低い声が「もしもし」と出てきた。

「あのね、北さん。昔、あなたが東北大学の学生だった頃、休暇で東京へ帰って来るとよく会っていたお友達がいたでしょう？」

いきなり始めた。ご無沙汰の挨拶などヌキだ。気が急《せ》いている。というよりもこれが私の方式なのだ。北さんの方も「なんだよ、いきなり」ともいわず、「うん、うん」と聞いている。

「そのお友達、トクダっていわなかった？　慶応へ行ってたと思うんだけど、色白で素直そうな、育ちのいいお坊ちゃん風の人で……」

勢こんで夢の一部始終を話した。だが北さんはただ一言、

「おかしいなァ……」

といって暫く考えている様子。漸く次にいったのが、

「知らないねェ……」

だ。頼りないことおびただしい。

「北さんの妹さんのパーティにその人も来てたのよ。椅子取りゲームに負けたので、その罰でダンスの時に大根を抱えて踊ってたの」

躍起になって説明するが、北さんは聞いているのやらいないのやら。

「ボクね、この頃、ボケてきたのよ……」

「いや、それはお互いさまよ、私もボケてきてるの。ボケてきてるもんだから、こういうことをハッキリさせたいのよ。ボケるに委せてるとますますボケるっていうでしょ。ほっとくと加速度がつくらしいのよ。だから抵抗しなくちゃ。思い出せない時は、諦めないで思い出すまで頑張るのよ。思い出そうと努力する――それが大事なのよ……」

「うーん、そうかもしれないけれど、そういわれてもねえ……知らないものは知らないんでねェ……」

そんなことでどうするか。そんなことで「ダンナサマ」といえるか。突然私は思い出した。

「北さん、あなたはその頃、カリン糖が好きだったのよ。でもカリン糖を心ゆくまで食べるお金がないといってこぼすものだから、私は気の毒に思ってあなたが仙台へ帰る時に、カリン糖を駅まで持って行ってあげたの。その時にプラットフォームにそのお友達が見送りに来てたわ」

「そんなこと、あったっけ……」

「ありましたよォ！　その頃あなたはいつも手帳にヨレヨレの五百円札を挟んでいて、それがひと月分のお小遣いだったのよ。それではカリン糖も思うように買えないだろうと、私は憐れんで、わざわざ新宿へ行ってですよ、中村屋でカリン糖を買ってそこから上野駅まで持って行ってあげたんじゃないの、それも忘れてるのッ！」

恩知らず！　と叫びたかったが、お互いの年を思って我慢した。

それから数日経った。トクダさんのことはまだ頭の隅にこびりついている。朝の寝覚め際にポッカリ思い出されると、消えないシャボン玉のように「トクダ」がプカプカグルグル廻って離れない。

そんな朝、遠くの方からぼんやりと影法師がやってきた。それは私がまだモトの夫と仲よくしていた頃のことだ。子供が生れることになったので、間数の多い家に引越そうということになって、T不動産会社に家捜しを頼んだ。その時、物件を案内してくれた担当が色の白い、やさ男だったような気がする。彼はトクダという名ではなかったか？

私はそれを確かめたくなった。だが確かめるにはモトの夫に訊くしかないのである。モト亭とは別れてもう四十年近くなる。数えるのも面倒だが多分それくらいは経っている筈だ。その四十年の間に何度か彼はうちへ来ている。多くは金の頼みごとだったが、老いてその必要がなくなってからは来なくなった。だがこの家の二階にいる娘とはつき合いがある様子で、いつかも娘が、

「パパの電話番号、ここへ書いとくわね」

と電話番号リストに番号を書き込みに来ていた。

「そんなもの、いらないよ！」

ケンもホロロにいったのだったが……「どれ？」と開いてみると、ちゃんと書いてあった。それを眺めながら少しの間、私は迷った。口を開けばボロンチョ。やれ貧乏神だの、乃木将軍のヒモノだのといいたい放題をいっていたのが、電話をかけるのもナンだしなァ……とためらう。もしも電話口に今のかみさんが出て来たら何といおうか。

彼は昔、田畑麦彦というペンネームで小説を書いていた。その頃私は彼のことを「ムギヒコ」と呼んでいた。ふざけて「ボクちゃん」といっていたこともある。本

名の「省三」にさんをつけて呼ぶこともあった。借金を背負わされて遁走されてしまった時は、「借金野郎」といっていた。

そんな呼び方なんてどうだっていいではないか、といわれるかもしれないが、彼《ひ》我《が》に横たわる長き歳月、いざこざ、愛憎を思うとやはりこだわらずにはいられない。「ご主人さま」というガラではなし、やっぱり「篠原さん」と本名の姓を呼ぶのが無難であろう。

そんなことを考えているうちに、億劫さが出てくる。だが、それでもやっぱり「トクダ」は気にかかる。たまたま電話をかけてきた旧友のSちゃんにこの煩悶(というのもオーバーだが)を話したら、即座にSちゃんはいった。

「あんたのそのキモチわかる！　魚の骨がのどに引っかかってるような感じでしょ？」

「そうそう、その通り。そうなんよ」

「それネ、老化現象」

とあっさりいい、

「わたしなんか五年くらい前からそうなってるわ。例えばね、昔、姑の看病に行ってて終電で帰って来たことがあったんやけど、その時プラットフォームでね、酔払って立小便してたおっさんがいたのよ。通りかかったおじいさんに『コラーッ、何してる!』って怒鳴られて逃げたんやけど、それがどうもお隣りのご主人だったようなんよ。しかもその時、ズボンのチャックを開けたまま逃げたもんやから、あのね、アレ出したまんまで走らはったの。その時、わたしの妹も一緒にいたんやけど、妹はチャックは開いていたけど、アレは出てなかったっていうんやわ。けどわたしははっきり見たのよ。ベロンと出てたの、ハッキリ見たの。けど妹はそんなもん、ゼッタイ出てなかった、アレは伸縮自在なもんやから、用がすんだら縮んで引っ込む筈やというの。そうやろか、あんた、どう思う?」

そんなこと知るかいな、こっちはトクダさんの実在について考えを廻らせているのだ。アレが縮むかどうかなんて、問題が違う——と思いながら、つい、

「伸縮自在なのはサオではなくてタマの方ではないのん？　俗にいうでしょ。怖くてタマがちぢみ上ったたって。サオも伸縮するけれど、こっちは自在というわけにはいかんでしょう」

といっていた。

「そうよねえ。男は自分の手で引っぱり出しておしっこするんやもんねえ？　終ったら手で押し込むんやもんねえ？」

「多分そうやと思うけどねえ。ゼンマイ仕掛のビックリ人形じゃあるまいし、アタマ引っぱったらニョロニョロ伸びて、押したらピッと引っ込むなんてことはないと思うけど」

「いやァ、あんた、うまいことというわ。ソレ、妹にいうてやろ」

この人と話をすると、いつもこういうふうに話が逸れてしまうが、やがて気がついてもとへ戻すのもいつも彼女の方で、

「それでやね。わたし、そのことが気になって気になって……つまり、ズボンのチ

ャックの外にアレがやね、ダラーンと出ていたか、いなかったのか……」

と本題に立ち戻った。

「それに、もうひとつあるの。そのおっさんは、隣りのご主人やったかそうでなかったか。終電の出た後やからプラットフォームはもう暗かったんよ。妹は隣りのご主人の顔知らんのやし、そうかといって、お隣りへ行って、奥さんに訊くわけにいかんし……わたしモンモンとしてねえ……」

だから「トクダ」の正体が気にかかる気持はよーっくわかる、そしてそれは完全なる老化現象である、というのであった。

「けど、あんたの場合は確かめられる人がいるからいいわ。ムギヒコさんに訊いたらええやないの。年とったら、気がかり残さんようにしとくこと。気がかり残して死んだら成仏出来んっていうもんね」

そういってから彼女は、

「けど、夢にかこつけて、ヨリを戻そうとしてると思われたらシャクやけど」

といった。彼女にもモト亭なる人がいるのである。

出たとこ勝負で私はモト亭に電話をかけた。と、案ずるより生むが易し。

「アイ、もーしもし」

と出てきた声はまさしくモト亭である。「ハイ」ではなく「アイ」と暢気らしくいう（聞える）ところにこの男の真骨頂が出ている。

「私です……佐藤愛子」

と私はいった。電話はかけたが一線を劃しています、という気持を現しているつもりである。

「ああ、ハイハイ」

と彼はいった。何年も前からずーっと、どんな時でも彼は機嫌のいい声を出す。

「どうしたんだい、突然？」とも「久しぶりだね、元気ですか」ともいわない。まるで切目なしにつき合っている間柄のようだ。それならばらくだ。こっちも挨拶ヌキ

で、

「あのね、あなた、トクダって名前の人に知り合いいなかったかしら？」

と夢に出てきたトクダさんの話をして、

「どうでもいいことなんだけど、この頃、暇なせいか気になってしようがないのよ」

「ワハハハ」

と彼は笑った。（昔からこの男は相槌の言葉を「ワハハ」ですませる癖があった。）そうして笑った後、彼はスラリといった。

「それはT不動産のトクダだよ」

「やっぱり……」

思わずいっていた。

「そうじゃないかと思ってたんだけど、ほかにトクダって人、いない？」

「いないねえ。ぼくが思い当るのはT不動産のトクダだけだ」

「あのトクダさんは慶応出てるかしら」

「うん、確かそういってたような気がする。そうだ、ぼくは後輩です、っていった」

彼はいった。

「色の白い、小柄なね、ちょっと女性的で……前髪にゆるいウエーブがかかっていたな」

イメージが具体的になっていった。姿が見えてきた。あれは冬のはじめだったか、トクダさんは背広の上着の下に模様編みのチョッキを着ていた……。

やっぱりそうだったか……。

そう思うと気が抜けていった。風船から空気が抜けていくようだった。

これで一件落着というわけだった。

それにしても、夢の中のトクダさんがT不動産のトクダさんだとしたら、あの時なぜ私の胸に嬉しさ懐かしさがあんなに湧き広がったのだろう？　いったいなぜ、トクダさんは遠い過去の中から立ち現れてきたのだろう？　ただ不動産物件紹介者とお客という関わりだけだったのに。

それが夢というものなのよ、といつもしたり顔の若い友達がいった。「なぜ」ってことはないのよ。非現実的、不合理、非論理的、錯覚、幻覚――それが夢の世界なのよ。夢に潜在意識を探ったり、意味づけしたりするのは愚の骨頂よ、と。

それでも私は思う。

トクダさんはいったいどこから、なぜやって来たのだろう？

思えば長い人生だ。来し方をふり返るとそこには灰色の混沌が広がっているだけだが、その混沌は八十年の間に行き合った何百、何千、何万の人や出来事が詰っているのだ。その中からあたかも河底から浮き上ってくるメタンガスのアブクのように、行きずりの人だったトクダさんが浮き上ってきた。なぜなんだ。なぜトクダなのだ……。

私はそのふしぎを思わずにはいられない。そのふしぎは人の世の出会いのふしぎに通じるふしぎのようでもある。

それにしても、北さんの友達、あの大根抱えて踊った人は、何という名前だったのだろう。北さんはそんな男は知らないという。本当にいたのかいなかったのか。あれは私の妄想か？　幻か？　愈々来るものが来たのか。ボケが。だがそれは北さんの方なのか、私の方か。

今度はそれが気がかりになってきた。

我が歎き——今は亡き川上宗薫を偲ぶ

川上宗薫という人は実に気の弱い人だった。怖がり、臆病、アカンタレ。だから蛮勇の女である私などは、

「どうして川上さんってそうなの？　えっ？　どうして？　どうしてそんなにアカンタレなのよッ」

としつこく怒らずにはいられなかった。

二人で銀座裏を歩いていた時のことだ。向うから五、六人の男がずらりと一列横隊になってやって来る。それを見るなり川上さんは、

「愛子さん、あの連中を見ちゃいけないよ、見るなよ、見るなよ」

と囁くのである。まだ陽は高い時刻なので何をそんなに用心しなければならない

のか私にはわからない。

「何なのよ？　あの人たち……」

といいつつ、ついそっちへ目が行くと、川上さんは慌てて、

「ダメだよ！　見ちゃダメっていってるだろ……」

俯いたままシーシー声で叱咤する。そうしているうちに男たちは通り過ぎて行った。どうやら川上さんはその男たちを、些細なことで因縁をつける連中と見たらしかった。本当にそういう人たちであったのかどうか、私にはわからない。もしもそうであったとしても、後ろ暗いところなんか我々には何ひとつないのだ。怖れることなど毛頭ないではないか、と私がいうと、川上さんは歎息した。

「愛子さんは強いよなァ」と。

その頃の川上さんの夢は巨大犬を飼うことだった。大きな犬を連れて歩いていると、強くなったような気分になるからだ、といっていた。念願かなって、あれは何という種類だったか忘れたが、とにかく大きくて獰猛な犬を飼うようになった。

（セントバーナードは大きいだけで優しそうなのでダメだ、といっていた）その犬を連れて散歩に出かけ、赤信号で立ち止っていると、丁度横の車道にトラックが止って、運転手と助手が話し合っているのが聞えた。助手があれは犬じゃない、牛の子にちがいない、といい、運転手は、いややっぱ、犬だべさといい争っている。そして助手が窓から顔をつき出して川上さんに訊いた。

「そいつは牛だろ？　牛の子だろ？」

その顔を見た途端に川上さんはビビった。どんな人相だったかわからないが、とにかくビビったのだ。そしてこういっていた。

「そう、牛です、仔牛」

彼はたぐい稀な正直な人だった。自分の卑小さを余すところなく人に見せた。結局、正直に己れを晒《さら》して生きることが一番らくなんだと述懐していた。当時の日本の男はまだ男意識というものを持っていたから、川上さんの弱虫ぶりはいっそ愛嬌になった。ハゲ頭を隠さず、いっそ売りものにしてしまうと愛嬌になる。それが生きる知恵だ。男には人間的愛嬌があった方がいい。へたをすると愛嬌になる前に軽蔑されるという瀬戸際を危うくやり過して、マイナスを愛嬌にまで高めるのが男の修業というものであろう。アデランスなどという禿隠しの苦心の作を頭にいただくようになってから、日本の男はダメになった。

あれはいつ頃のことだったか。早いものでもう四十年近くは経ったと思う。アベック強盗というものが出没し始めて、夜更けの公園や神社の境内などでアベックが（ああ、この言葉がなんと古くさくなったことよ！）愛を語らっていると、怪しい男が現れて金銭を奪ったり女性を犯したりした。その新聞報道を初めて目にした時、私はほんとうにびっくりした。

賊に襲われたアベックの男の方が、女を置き去りにして逃げたというではないか。女は犯された。逃げた男はその後どうしたのか、私の関心はそこにあるのだが新聞報道は、そんなことは決して書かないのである。

「意気地なし男、女を置いて逃げる」

という見出しを、私が新聞記者なら書くが、普通は書かない。読者の方も、

「悪い奴がいるねえ。気をつけなくちゃ」

という感想は持つが、

「何たる恥知らず！　それでも男か！」

とは思わないのだった。

我が国の男性の衰退はこのあたりから始まったように思う。かつて男とは「弱き者を守り敵と闘う」ものだった。それが男の「本分」だった。(「本分」とは①その人の守るべき本来の分限。②その人のつくすべき道徳上の義務。と広辞苑にあることを、「本分」という言葉を知らない若い読者のために加筆しておく)

以上のような感想を私が川上さんにぶつけると、川上さんは困惑のキワミという顔になって目をパチパチさせ、またしても、

「愛子さんは強いなァ」

というのであった。

「私のことじゃないのよ、男のことですよ、男の！　こういう男を川上さんはどう思うの？」

私はいき巻く。

「いや、それは……」

と口籠《ごも》りつつ、

「同情するねぇ……」

「誰に？　男にッ？　女にッ？」

「だからさ……両方にだよ」

「ホントは男にといいたいんでしょッ、川上さんッ！」

「マイったなァ……」

川上さんは疲れ果てたように呟くのだった。

あれもこれも懐かしい昔語りだ。「恥」「誇」「痩我慢」などという言葉は川上さんの辞書にはないのね、とよく私は攻撃したものだったが、それから三十年余り経った今は、それが普通になっている。あの時代は川上さんの方が珍らしい存在だったのだが、今はこの私の方が珍奇になった。

恥も誇も何もない、なくて当然。そんなもの何の役に立つか、という時代になり果てた。昨今、メディアを賑わせている大学生の話――中国の大学の文化祭で日本人学生が裸踊をしたことが、中国人学生たちの反発批判を買って反日デモにまで発展したという事件について、私は産経新聞でこんな寸評を見た。

「(前略)その寸劇はたしかに下品で愚劣なものだったが、しかしいってみれば宴会の余興である。性のモラル観や風俗観はそれぞれの国によって違う。それは尊重されなければならないが、反日デモや街頭行動を繰り出すほどのものなのかどうか。首をかしげる点がないでもない」

「いってみれば宴会の余興」? 宴会の余興を他国の文化祭でやっていいというのか。

「性のモラル観や風俗観はそれぞれの国によって違う」？

何をいってるんだ。日本人はニューギニヤの裸族ではない。成人男子は性器に筒をかぶせる風習のあるダニ族ではないのだ。日本にそんな風俗はないぞ。（ありし日の川上さんの顔を思い浮かべながらいう。川上さんに責任はないけれど）

この三人の愚か者は低俗テレビに毒されてウケ狙いのそんな演出を考え出した。多分ホクホク顔で。その浅はかさ、鈍感、想像力認識力の欠如、感性知性の低さ。それを平然と晒したことが醜態なのである。恥知らずめ！　この三人は己れの恥を晒しただけでなく、日本の国の恥を晒したのだ。

中国人学生たちの反応は行き過ぎだという新聞の意見があります、とたまたま訪ねて来た人はいった。関係のない日本人学生が殴られて怪我をしたり部屋を荒らされたりしたのは、伝統的な反日感情があるためだろうが、それにしてもやり過ぎだという意見だそうだ。

なにがやり過ぎなものか。人間怒る時は大いに怒るのがいい。いや、怒るべきだ。

「なんぼなんでも」とか「キモチはわからないじゃないが」なんていっているから性根は腐ったまま直らないのだ。もうこうなったら中国の学生に関係のない者まで殴ってもらい、反日デモでも何でもやって一度、袋叩きの目に遭わせてもらうよりしようがない。

今の若者風俗について顰蹙《ひんしゅく》している日本のおとなは多いが、顰蹙している暇があるならなぜ怒らない、叱らない！「思いやりごっこ」もたいていにしろ。

そういって憤慨すると来訪者はいった。

「しかし、へたをすると逆にやられますからね！」

「その『やられる』というのは何ですか、殺されるという意味ですかッ?!」

「はあ、そういう場合も想定されますから」

想定ねェ。こういったらこうなる、だからやめとこう、黙っていよう、目を逸らそう、ということなのか？（そういう点で川上さんは先達だったのだなァ）

数日前の新聞の投稿欄にこういうのがあった。コンビニの前で中学生のグループが坐り込んで菓子パンや飲み物を口にしている見苦しさを訴えている投稿である。概略はこうだ。

「育ち盛りだからすぐにおなかがすくのだろう。しかし店の前にたむろしながら座り込んで飲食することは肯定できる行為ではない。彼らには物事の善し悪しを判断することを学んでもらいたい。おなかがすくのはよく分かる。食べるなとは言わない。でも場所をわきまえてほしいと思った」

この投稿者は五十四歳の女性塾講師である。見るに見かねての投稿であろう。だが大正昭和平成と生きて来た私はこういいたい。

「ハラが減っても我慢せよ！」

育ち盛りだからお腹が空くだろう、なんて思いやる必要はない。物事の善し悪しを判断することを学んでもらいたい、なんて高尚なことをいっても、このサルのような連中にわかるわけがないのだ。サルは欲望のままに行為する。発情するとメスは平気で赤い尻をオスにさしつける。超ミニスカートで半尻見せて駅の階段を上る女はサル並だ。退屈すれば出会い系サイトとやらで相手を求める。どこの何者ともしれない相手と簡単に性交して、殺されかけたりするに到ってはサル以下だ。

オスザルが喧嘩をする時はそれ相応の理由がある。メスを取り合う、あるいはボスの座を争う、食物を横取りされて怒ることもあるだろう。それぞれにわけがある。しかし当節の少年はわけもなく公園のベンチに寝ているホームレスのじいさんを襲うのだ。若い強そうなホームレスは襲わない。非力と睨んで襲う彼らはサル以下だ。


川上宗薫は好色な作家として知られていた。彼の小説は私小説の系譜を踏んでいたので、読者はその盛んな好色ぶりに驚いたり感心したり呆れ返ったりして、ついには雑誌出版社は「性豪」「色豪」をその名に冠するようになった。

しかし彼には「性豪」「色豪」は似合わない。どだい「豪」なんていう度胸の据った重々しい人物ではなかった。彼の口説き文句は簡単明瞭、ただ、

「やろうよ」

「やらせろよ」

「やりたい」

の三つだけだったようだ。いやしくも性豪といわれる者がいうべき言葉ではない。私にいわせれば「色マメ」。つまり、色ごとにマメだった、というだけである。

ある時、私は川上さんに訊いた。

「川上さん、なんであなたは女と見れば手当り次第に手を出すの？　あなたに美意識というものはないの？」

すると彼はこう答えた。

「例えばね、ここにピーナツか何かの皿があるとするだろう？　べつに腹が減ってるわけじゃなくてもそこにあるのを見たらつい手を出して食ってしまうだろ？　食いたくなくてもさ。わかる？」

「うん、そういうことってあるわね」

「ソレなんだよ、ソレ」

川上さんはまた、こんなこともいっていた。

「やっと女の子を口説き落してさ、逢う日とホテルを決めたんだけど、気が進まないんだよ。けど約束しちゃったから行ったんだけど、いざとなったら女の気が変ってイヤだというんだ。どうしてなんだ、なぜイヤなんだ、ここまで来といて、っていいながら、オレはホッとしてたね」

「ホッとしながら、どうしてなんだ、なぜなんだ、って迫ってたの？」

「うん」

川上さんはいった。

「やっぱり一応はいわなくちゃね」

「で、どうしたの？　女の人は……」

「ごめんといって帰ったよ」

「でホッとしたの？　それとも急に惜しくなった？」

「実に複雑だったね。ホッとしながら気が抜けてたよ」

色道というものがあるとしたら、川上宗薫は「色道のわきまえある男」といってよいのではないか？

この頃、小学生の少女をかどわかす男が増えつつある。それを見るにつけ私は思わずにはいられない。

いやしくも男なら、堂々と成人女性に当れ！

私はそういいたい。なぜ彼らは子供を狙うというミミッチイことをするのか？　おそらくおとなの女に迫る自信がないのだろう。中学生が弱いホームレスを選んで殴りかかるように、成人男子は少女を狙う。男は衰弱しているのだ。精神力、男意識、心身ともに衰弱している。（この衰弱はもしかしたら女が強くなったことと反比例しているかもしれないが）しかし性欲だけは衰弱していないので、こういう悲劇を招くのだろう。

「では佐藤さんにとっては、今の若者はどれもダメ人間ばかりですか？　何の望みもありませんか」

と訊いた人がいる。

そんなことはない。丁度昨日、暴走族の少年たちが警察署だか交番だかを襲って卵を投げたという事件があったらしい。この事件はなかなか私の気に入った。権威権力に反発したくなるのはあるべき青春の姿だと思うからだ。特に「卵」というのがいい。

「それが気に入りました。今のところ彼らに望みを託します」

といったが相手は、

「ハーン、なるほど」

といっただけだった。何が「なるほど」だか。

半生《はんなま》傘寿

にくまれる婆ァとなりて喜寿の菊

右は私が七十七歳の誕生日に詠んだ句である。その七年前、古稀に際してはこういう句を作った。

秋晴や古稀とはいえど稀でなし

さて今年は傘寿。古くからの読者であるKさんから、

「おめでとうございます。傘寿の句はいかがなものか、是非ご披露下さいますよう」という手紙を貰った。Kさんは私が七十歳の時に作った駄句を憶えてくれているのである。私は忘れているというのに。

傘寿の句ねえ……と私は考えた。

何も出てこない。この頃の私には体調に波があって、冴えている日と鈍っている日の起伏が甚しい。冴えている日は元気があるから、電話などでも、「お元気ですねえ。お声が若々しくて」といわれるくらいだが、鈍っている日は必ず「お風邪ですか？」と訊かれる。どうも世間では調子が出ない時はみな風邪にしてしまう傾向があるようで、常に「正確」を好む私はそのたびに、

「いや、風邪をひいてるんじゃないんですが、どうも体調が低調でして」

と訂正するのだが、電話の切り際にやっぱり、

「ではお風邪、お大事に」

といわれる。「風邪やないちゅうてんのに」と思いながら仕方なく「有難うござ

います」という。これも浮世のつき合いだ。ある若い人（私から見れば四十代も「若い」に入る）にいわせると、現代を生きていると「体調が低調」という実感がなくなるのだそうである。体調が勝れないというのは、「疲れた」とも違う。「熱っぽい」というのでもない。「苦しい」とも違う。病気ではないのだ。そう、「元気が出ない」というのが一番当っているだろう。ところが、その人にいわせると、「今は元気なんかないのが普通です」という。

「六十代くらいまでは私はいつも元気イッパイでしたよ」

といぅと、

「元気イッパイというのはどんな気持なのか……わかりません」

こういう人が何でもかでも風邪にしてしまい、風邪でもないのに風邪薬を飲んで、それが何となく効いた気になるものだから製薬会社はやたらと風邪薬を売り出すのだろう。前なら早速、そのような解説をぶったものだが、今はただ、

「アハハハ」

と笑ってすませる。言葉を使うのが面倒くさい時はただ笑うに限る。本当は笑い声こそ元気のバロメーターなのだが、それがわかるほど鋭敏な人は当今少くなっているので、殊更に声はり上げて笑ってみせるという気遣いをする必要がなくなっているのがいっそ有難く思える今日この頃である。

折しも近親者友人ら集いて、傘寿を祝ってくれるという。気持は有難いが、体調が沈滞している時は何となく億劫である。

「そんなことをいわずに出て来て下さいよ。お元気に、八十歳を迎えるなんてやっぱりおめでたいことですもの」

長生きがそんなにめでてえか、といいたくなる。省みれば人からめでたいといわれるような生きざまではなかった。あっちで怒りこっちで悪態をつき、私の人生は憤怒と悪態で埋まっている。そうだ、私の元気のモトは憤怒だ。憤怒すると疲れるという人がいるけれど、私は憤怒によって更なる活力が湧いた。その力によって心配や失望や不満を帳消しにし、返す刀で波瀾を退治した。退治しても退治しても波瀾が次々に襲って来たのは、その原因となる憤怒と悪態が汲めども尽きぬ泉の如くに湧きつづけたためだ。おとなしく鎮まってさえいれば自然に波瀾もおさまったにちがいない。憤怒悪態が波瀾を招き、波瀾が憤怒と悪態を呼ぶという循環のうちに我が人生は過ぎたのである。

にくまれる婆ァとなりて喜寿の菊

たった三年前だ。その句を詠んだのは。七十七歳でまだそんなことをいっていたのか。ああ！　元気だったんだなア。

折しもインタビューの若い女性が来て、「わたしの元気キーワード」というテーマで語れという。キーワード？　そんなものはない。よく考えれば昔はあったのかもしれないけれど、今は元気がなくなっているのだから、語りようがないのだ。

インタビュアーは若いがなかなか悧発な女性で熱心にしゃべる。この頃の私は焚火のそばの石コロのようなもので、焚火が勢よく燃えている時はその焔の熱で熱くなるが、消えると冷たくなって転がっているだけ、という有様になり果てている。

インタビュアーの情熱に温められて私も少し元気が出てきた。

「元気のキーワードなんか私にはありませんが、まあ、あえていえば苦しいことから逃げずに受け止めているうちに……すぐにカーッとなるタチでしたから、カーッとなってそれで元気が出たといいますかねえ。わかりにくいでしょ？　でもそういうことなんですよ」

という。

「この頃はカーッとなることがないから元気も出ないというか、いや、元気がないからカーッとならないのかしらん……どっちだろう？　ごめんなさい、よくわからないわ」

と我ながらいい加減だ。

「しかし生きる苦労には馴れて、だいたいのコツが呑み込めましたけれど、死ぬのは馴れていないからねえ……困ってるんですよ。生きることも大変だけど死ぬことも大変です。死ぬ時は何とか頑張って元気に死にます、というのもヘンないい方だけれど……」

こんなコメントでは記事になりにくいだろうなあ、と思いながらしゃべっている。

彼女は仕方なさそうに立ち上り、有難うございましたとお辞儀をしていった。

「先生、どうか九十までも百までも元気で長生きなさって下さい」

そこで私はいった。

「そんな挨拶はやめて、こういって下さいよ。『それではどうか、死ぬ時は安らかに死んで下さいませ』って……」

彼女は困惑の思いを愛らしい笑顔に紛らせて帰って行った。

――すべて正確に。

今、私の好むことはこれだけである。

なのに数日後、送られてきたインタビュー原稿には私が、

「これからは九十歳を目ざして頑張ります」

といったことになっていた。

どうも「正確」ということは常識の世には通用し難いものらしい。

子供の頃、母に連れられて行った家で、そこのおばさんと母がこんな話をしていたのを時々思い出す。

「うちのおばあちゃんもこの頃はすっかりええ人になりはってねえ」

「あのきつかった人が」

ともう一人のおばさんがいった。

「耳が遠うなりはったからですやろ」

「有難いことやねえ。耳が遠うなるということは」

と母。するとその家のおばさん、

「けど、耳が遠うなってから、えらい大食いにならはって、いやしんぼで困ってますねん。ハナ子がおやつ食べてると、目がピカーと光ってきて、『うー』て声出さはるんですわ」

「唸る？　怒ってはるの？」

「怒ってるというよりも、羨ましいというか、欲しいんですやろなあ、何でも食べたがりますねん」

耳が遠くなっているのをいいことに、「いやしんぼ」「いやしんぼ」とおばさんはいいたい放題だった。当のおばあさんは隣りの部屋で向う向いて坐っている。

「太平楽ですなあ……」

とおばさんがいい、皆でわっと笑い声を上げたが、おばあさんはチンマリ坐っているだけだった。

帰り途で母がしみじみいった。

「人の一生はうまいこと出来てるもんやなあ。あれでおみねさんもらくにあの世へ行けるわ」

おみねばあさんはしっかり者《もん》の働き者《もん》の、ケチでイケズで評判の人で、あれではらくには死ねまへんやろといわれていたそうだ。

自然に肉体が衰えて、欲望、情念すべて萎えて、朽木のように倒れる——。それが最も幸せな人間の最期といえるだろう。五官が衰えるからこそ、思い残すことなくあの世へ行けるのだ。この世への未練や愛着、無念さや怨み、口惜しさを消し去って死ぬのが理想の死であろう。老いぬれば良寛のいう「災難に逢う時節なれば災難に逢うがよろしく、死ぬ時節がくれば死ねばよろしく候」という心境を目ざしたいものだ。だが、はてさてそんな境地を得るには……そう考えて、あとはガックリ。どうしよう、どうしよう、日暮れて道遠し。あせるばかりだ。

そんなある日、長年の知己が五年ぶりでやって来た。確か七十五歳になる筈だが、うち見たところ六十五、六にしか見えない若々しさ。昔から身だしなみのいい人ではあったが、五年前と少しも変らない。鮮かな口紅の色がパッと目に飛び込んでくる。

「元気ねえ」

思わずいうと、

「亭主が死んでくれたおかげ……」

艶然と笑う。昔は「主人」といっていたのが今は「亭主」という。そこに解放された女性の軒昂たる意気を見せている。彼女は去年まで小唄と古典の教室へ通っていたが、今はフラダンスの教習所へ行っているという。この春の発表会では前に印度土産に貰った印度サラサが箪笥の底に眠っていたのを思い出してそれを腰巻き（というのか何というのか私はよく知らないが）にし、端切屋で三百円のスケスケ生地を見つけてそれにレースのカーテンの余り布をアレンジした上衣を自分で縫ったのだそうだ。それが大好評で十五人の出場者の中で彼女はひときわ目立っていたという。

「はーァ」

と私はそのエネルギーに感心するばかりだ。

フラダンスのダンサーはハイビスカスの花を頭につけるのだそうだが、彼女は自腹を切って（衣裳代三百円ですんだことですし、と彼女はいった）全員にそれをプレゼントしようと思いついた。ハイビスカスの花は、右につけるのは未婚、左につけるのは既婚者と決っているらしい。未亡人はどこへつけるのかと訊くと彼女はニッと笑っていった。

「私、右と左、両方につけましたの」

それはどういう意味なのかと訊くと、

「意味なんかべつにありません。みんなが一つずつつけてるでしょう？　だから私は二つにしたんですわ。みんなと一緒じゃァね……」

「何ですか？　一人だけ目立たせるため？」

つい私は念を押して確かめた。こういう女心から離れて久しい。ああ、はるばると来つるものかな。遠く故郷の海の音を聞く思いだった。

あの頃——私の人生の始まりの頃、近所にいつも梅干をこめかみに貼りつけている小母さんがいた。（「福井さんの小母さん」といえば、梅干を貼ったこめかみが浮かぶくらいに）なぜ梅干を貼るのかと訊ねたことはなかったが、どうやらそれで頭痛を抑えようとしているらしかった。なぜ梅干をこめかみに貼れば頭痛がよくなるのか、理由は聞かなかったが。それから、そうだ、私を育ててくれた乳母は「肩が凝ってどもならん」といっては蛭をどこからか貰って来て肩に載っけていた。肩に載せられた蛭はやがて血を吸って赤ぐろく膨らみ、肩凝りのもとである悪血が吸われて凝りは治ると乳母はいうのであった。私は始終、瞼にものもらいを作っている女の子だったが、乳母はその度に黄楊《ツゲ》の櫛を手拭いで摩擦し、熱くなった箇所をものもらいに当てて何やらおまじないを唱えた。そしてものもらいは治るのだったが、それは黄楊の櫛の効力か、治る時がきたので治っただけなのか、よくわからない。

つまり、大正から昭和にかけて、貧しかったこの国では、民間療法というのか迷信かよくわからぬが、父祖より伝えられてきたことをわからぬままに実行して、そうして苦痛をやわらげたものだった。病院へ行くなど、よくよくの重病でなければ行かなかった。健康保険なんて有難いものはなかったから、近所の医院へすらなかなか行かない。老人ボケなどあまり聞かなかったのは、ボケる前にみな死んだからだろう。

今は殆どの老人が医学、薬学、栄養学の進歩の恩恵を受けて長命になり、ボケの心配をしている。ボケないうちにコロリと死にたいといいながら、健康食を心がけ、日々血圧を計り、何らかの薬を欠かさず、キモチの若さが大切です、老い込むのが一番いけないといわれ、皺とり手術、頬のたるみ取り、シミ取りをして、老衰の到来を押し退け押し退け、恋をしよう、セックスもしよう、かつて老人をがんじがらめにしていた「年甲斐もなく」という言葉は雲散霧消してハイビスカスを二つつけて喜んでいる。

これを「難かしい時代」といわずして何といおう。自然に老いていけない。自然に死に近づいていけない。枯れそこない、朽ちそこない。

ところで傘寿の句は出来たかって?

やっとどうにかひねり出しました。

ものすべてただ生臭し傘寿の秋

しゃツ面《つら》考

某出版社気付の読者からの手紙がその社から送られてきた。五、六通あるのが全部開封されている。以前から思っていることだが、なぜか読者からの手紙を開封して編集部が一読してから送られてくることが少くない。佐藤愛子宛の手紙であるのになにゆえ出版社が先に開けるのですかと問うと、手紙の中には悪口やいやがらせ、オドシなど、失礼な文言があるかもしれないから、前もって検閲することにしている、というのであった。ではオドシや悪口が書いてあった時は私には見せないで、内緒で処分するのですかと訊くと、先生方の中にはそうしてほしいといわれる方がおられますので、という返事であった。

異《い》なることを聞くものかな。いやしくももの書きを志したということは、ときの権威におもねらず、私利を考えず、世の毀誉褒貶《キヨホウヘン》、好かれるも嫌われるも覚悟の上という境地で生きる筈である。もの書きがホメ言葉ばっかりを聞きたくてどうする。

悪口結構。オドシ、いやがらせ、何でも受けよう。先方がそう思うのなら仕方がないではないか。たとえ小包に爆薬が仕掛けられていたとしても、編集部の人を身代りにしたくはない。いさぎよく吹き飛ばされようじゃないか。

「世の中にしゃッ面《つら》晒して生きているからには、何がこようとこの身ひとつで受けて立つ覚悟だ——」

炬燵で蜜柑を剝きながらひとり言のオダを上げていた。傍で孫が年賀状にお猿が七輪で餅を焼いている絵を描きながら、

「しゃッ面ってなあに？」という。

「しゃッ面というのは……」

いささか意表を突かれてたじろぎつつ、

「つまり、ナンですよ。しゃッ面というのはね、簡単に、わかり易くいうと……そ

う、『顔』のことよ」

「顔？　ふーん……」

孫はわかったようなわからぬような顔つきで、

「そんならどうして顔っていわないの？」

「それはね。それは……顔といってもいいんだけど、それでは私の心持がうまく出ないから……」

「心持って？」

としつこい。孫と話をするといつもこうなる。

「つまりね。この場合『世間に顔を出して生きているからには』といってもいいんだけど、それでは強さというか、勢が出ないから」

「しゃッ面には勢があるの？」

「ありますとも。お前さんの顔なんか見たくないわ、というよりも、手前《てめえ》の面《つら》なんざ見たくもねえヤイという方が勢があるでしょ」

「悪い言葉なんじゃないの、面《つら》というのは」

「そう。その面《つら》を更に伝法にいうとしゃッ面——」

するといつもの「なあに」が始まった。

「デンポウってなに？」

「伝法ってのはいなせというか……」

「いなせって？」

「勇み肌というか……」

「勇み肌って？」

「うーん、勇み肌というのは……おとこ伊達の気風というか……」

「おとこ伊達って？」

ああもう、いちいちうるさいな。

「おばあちゃんはね。我が身にふりかかる災難は自分の胸で受け止める主義をもって生きているんです。すべての災は我が身より発す。その気概を、しゃッ面といういい方で表しているのよ」

孫はお猿の顔を赤く塗りながら、

「ふーん」

という。わかったのかわからないのか、多分わからないだろうが、「わかった？」と訊くと「うん」と頷いた。さすがにもう面倒くさくなったのだろう。

「ダメよ、桃子。学校へ行ってしゃッ面なんていっちゃあ……」

娘が心配して口を出した。

「だいたいどこの家でもおばあさんは孫にいい言葉遣いを教えるものなのに」

と歎息している。

翌日も孫は炬燵で年賀状にお猿が餅を焼いている絵を描いていた。七輪にかけた網の上の餅がハナ提灯のようにふくらんでいる。私は借りて来た田宮二郎主演の「白い巨塔」のビデオを見ていた。この頃、テレビで新しい「白い巨塔」が放映され、それが評判になっているが、どうも作りが浅くて感心しない。そんな感想を洩らしていたら、昔の「白い巨塔」はコクがあっていいですよ、と知人がビデオテープを持って来てくれた。見始めるとなかなか面白い。知人が持って来てくれたのは三巻までだったので、その後をビデオ店で借りて来た。力量ある俳優が揃っている上に作り方が丁寧なので惹き込まれる。二十五年前の制作だが、その頃はテレビドラマの制作者たちは情熱を籠めていたのだなあと改めて感心する。

ああ中村伸郎、うまいなあ。

ああ太地喜和子、うまいなあ。

田宮二郎は大根役者だと思っていたけれど、なかなか熱演している。悪くない。

山本学、素晴しい。

ああ金子信雄、小沢栄太郎、曾我廼家明蝶。芸達者が互いに競い合ってそれぞれの人間像を造型している熱気が伝わってきて引き込まれる。これは脚本家の手柄であろうか、演出力か、プロデューサーの力か、と考え、それにしても中村伸郎、太地喜和子、田宮二郎、金子、小沢、あの人もこの人も既にこの世にないことに気がつき、うたた人生のはかなさ寂しさを覚えていると、孫がいった。

「この人たち、親子や夫婦なのにどうして敬語を使ってるの？」

その時画面では病院長の妻が夫に向っていっていた。

「ですからあなた、お気をつけになって下さいませよ……」

妻は夫に忠告というより文句をいっているのである。

「どうなさるおつもりなんですか？」

と怒りを抑えかねている。その険悪な空気をやわらげようとして娘は、

「お父さま、お紅茶、召し上ります？」

とさりげなくいう。

なるほど、孫には耳馴れぬ会話であろう。答えるよりも先に思ったことは、いかに我が家は粗野な暮しをしているかという反省であった。

「昔は年上の人に対しては丁寧なもののいい方をするものだったのよ」

「どうして？」

「昔は『長幼の序』ということが大切にされていたから」

「長幼の序って?」

そうくると思っていた。

「長幼の序というのはね。年かさの人を目上の人といって尊敬しなければいけないってこと。そしてその順番に従いなさいということよ。家族の中ではおじいさんが一番偉い、次がおばあさん。それからお父さん、お母さん、長男、次男、と下っていく。女はお嫁に行く立場だから小さくなっている。威張れるのは弟に対してだけだった。おばあちゃんの友達の中島さんは兄さんにやたら威張られていたものだから、弟を虐《いじ》めるのが楽しみだとよくいってたけど、算数の宿題を弟にやらせて、それが間違ってたものだからイガクリ頭をピシャンと叩いてた」

「イガクリ頭って?」

「坊主頭のことよ」

「お寺のお坊さんみたいな?」

「あれは剃刀で剃った頭だけど、こっちはバリカンで刈るのよ。散髪代を倹約してお父さんがバリカンでジャキジャキやってたのよ。だからマダライガクリだった」

「マダライガクリって？」

これだから孫を相手にすると手間がかかってしようがない（だから余計なことをつけ加えるのをやめればいいと娘はいうけれど）。色鉛筆を取って、イガクリ頭がまだらになっている絵を描いて示す。

「こういう頭です」

「ふーん」

孫は怪しいものを見るように見詰めていた後、

「ヘンなの」

と一言いってお猿にとりかかった。

「昔の子供はえらかったのよ。こんな頭でもお父さんが刈ってくれた頭だから、文句をいわずに学校に行ったのです。そうして我慢するという美徳を身につけ、耐え難きを耐え、忍び難きを忍んで、戦争に負けてボロボロになった日本を再建したのです。そのお蔭であんた達は贅沢三昧。自由平等を当り前のことに思って、感謝や敬意を忘れ、年上の人を敬うことを知らなさ過ぎる——」

そういううちに急に目頭熱くなり胸迫って声が詰った。日本の再興に力をふり絞って生涯を終えた同胞《はらから》のことを思う。私もトシだなァと思うのはこんな時だ。

「わたくし達の若い頃はお姑さんに対しては『お姑《かあ》さま』と呼ぶのが普通でした。ところが孫が生れるとヨメはいきなり私に向って『おばあちゃん』って呼んだんですよ。もうびっくりしてしまいましてねえ。返事が出来ませんでした。でも今はそれが普通なんですねえ。びっくりした方が却ってびっくりされます。孫が『おばあちゃん』と呼ぶのはこれは当然のことですわね。そういう関係なんですから。孫に向って母親が『おばあちゃんがこうおっしゃってたわよ』というのも普通です。けれどもヨメが私に向って『おばあちゃん』と呼びかけるのは失礼だと思いません？

いつだったか、交番のおまわりさんに『おばあちゃん、おばあちゃん』と呼び止められた時はムッとしましたもの……」

私の友人A子のイトコのお友達というB夫人がそういっていた。A子の孫の結婚披露宴の後、B夫人の車で送ってもらった車中での会話である。いつまでも若い気持でいたい人の中には、孫が生れるとおばあちゃんと呼ばれることを嫌って、「グランマ」などと呼ばせている人がいるけれども、このB夫人の場合は若い気持でいたいというのではなく、時代の変遷に負けず長上意識を保っている人なのであろう。一族の長上に向って馴れ馴れしいぞ、という意識、プライドはB夫人の育った時代と家庭が培ったものである。

大黒柱は大黒柱の誇をもって一家の中心にいた時代。考えてみれば不良一族の我が佐藤家でさえも、不良たちは父に対しては「ですます調」で話していた。さんざん親を苦しめ怒らせながら、大黒柱への敬意は失わなかった。「礼儀正しい不良」だった。孫が出来ても義姉は「おじいちゃん」なんて呼ばなかった。「お舅《とう》さま」

とうやうやしく呼んでいたのである。

こういう伝統はよくも悪くも親に権威が与えられていることによってつづいてきたものであろう。酒呑みの怠け者の親父でも父であるからには、子供は悲憤を胸にしまって従ったものだ。

「親に向ってそのいい方は何だ！」

という科白は、黄門様の印籠に比すべきものだったのだ。

敬語がすたれたのは、敗戦によってわっと溢れた民主主義のせいだというが、それと同時に「目上のお方」がみな、目下の敬意を受ける自信を喪失した点にあるのではないか？　少くとも現在、我が佐藤家に於ては不肖私めが一族の長である。長は長としての良識をもって威厳を保ち、それにふさわしい言動をしなければならない。だからこそ、

「親に向ってそのいい方は何だ！」

と叱責教導出来るのである。しかしこの私がどうしてそのようなことがいえるだ

ろう。私は権威よりも自由を欲する。自然体で生きたいのだ。自然体もいいけれど、も少し品よい自然体になってくれない？　と娘はいうけれど。

敬語のむつかしさはそれが自然に流れ出るものでなくてはならないという点にある。私が子供の頃、チュウさんという人が父の碁の相手をしていたが、たまたま我が家の飼犬が産んだ仔犬が三匹とも風邪で死んでしまった話になった。するとチュウさんは父にこういった。

「それで、親御さんの方はお変りもなく？」

以後彼は「親御のチュウ」と呼ばれるようになったのだが、敬語を使わなければ、と無理をするといけない。使い馴れない敬語を使おうと一所懸命になると、

「依頼状を送りましたので、拝見して下さい」

といった某社の編集部員のようになってしまう。

過日、小津安二郎監督の生誕百年を記念するテレビ番組で、往年のスター香川京

子さんが思い出話を語るのを聞いた。その言葉づかいの流れるような美しさ、なめらかさに耳が洗われるようだった。まるで心地よい音楽を聞いているような快さは、香川さんの来し方、暮し方から自然に醸成された敬語の力であることを思い、心底感じ入った。今テレビで活躍しているタレントが束になってかかっても及ばないだろう。真似しようとしても出来るものではない。生れつきの気品ある美貌と整形医の手になる美貌との違い、自然体の美しさだ。

それにしてもこの頃、テレビを見ていて感じるのは「ヤバイ」という言葉を口にする人がやたらに多いことだ。俳優、コメンテーター、アナウンサーまでが平気で「ヤバイ」というところを見ると、もとはやくざ者の隠語であったこの言葉が市民権を得て日常語になっているらしい。

「おい、ヤバイぞ、ふけろ！」

官憲に踏み込まれた賭場のやくざがそういって逃げる。危いぞ、とか危険だぞなんていっていては間に合わないから「ヤバイ」になったのだろうか。その下品な言葉を妙齢の（という言葉も古いが）女性がこともなげに口にするさまは聞き苦しい。

なに？　そういうお前の「しゃッ面」も同じじゃないかって？　私が使う「しゃッ面」はその時の気分を托していった言葉であって、日常語として使っているわけではない。私は私なりに言葉を使いこなしているつもりなのだ。朝起きてきた孫に、

「しゃッ面、洗ったの？」

とはいわないのである。

面白中毒

二週間に一度、朝夕つけている血圧のグラフを持ってお医者さんへ行く。先日も待合室に坐っていたら、鉤の手になっているベンチのはす向いにいたおばあさんが、「いいお天気ですね」と話しかけてきたので、「そうですね」と受けた。

はじめて会う人であるから、その後、何といってつづければいいのかわからない。こういう時によどみなく会話を展開して行く才能が私にはないのである。私の会話には片寄りがあって、憤慨している時とか喧嘩や文句、人の戯画化といった話題になると舌は実になめらかになるのだが、「とりとめもなくしゃべる」ことになるとお手上げ状態に陥る、という我ながら厄介な性分なのだ。だが医院の待合室は人が通り過ぎて行く場所だから、名刺を交して名乗り合う必要もなく、どこの誰ともわからないのだから、気がらくである。黙っているとおばあさんはいった。

「わたしは今年百歳になりました……」

「はァ」と私はいい、それから「そうですか」といった。いってしまってから、さすがにこれではあまりに愛想がなさ過ぎると思った。こういう場合は、

「えッ！　百歳！　まあ！……」

とびっくり感心してみせるのが常識というものなのだろう。おばあさんはそういう「びっくり」を期待しているのだろうから。

そう気がついたが、「はァ、そうですか」とくたびれた見習医師みたいな返事をしてしまった後で、俄かに、

「えーッ、まあ百歳！」

と叫ぶのも妙なものだ。最初にそういうべきだった。そういっておけば、ラッパのひと吹き、シンバルのひと打ちで始まる行進曲みたいに自然に調子が出たにちがいない。仕方なく、

「それはそれは」

といった。自分でいっておきながらいうのもおかしいが、「それはそれは」とはなんだ、と思う。しかもこの「それはそれは」のとってつけたような、おざなりのような口調はひどい——そう思って当惑する。

改めて見るとおばあさんは見るからに骨太のがっしりした身体つき、ふっくら肉がついていて重そうだ。どことなく暢気そうな丸い顔に丸い鼻。百歳というがとてもそんな年には見えない。耳も口調もしっかりしている。だが、私をヘンな奴だと思った様子はなく、息子が何人、孫がどうこう、曾孫《ひ》がどうのと身の上話が始まった。この年代の人として当然のもろもろの苦労話がつづく。私は、

「はあ、はあ……そうですか……はあ、なるほどねえ」

ととところどころで相槌を投げ込む。こうなってくるとらくだ。ひとりでしゃべってくれるから何もいう必要はない。機械的にやってると突然「ウンコ」という言葉が耳に飛び込んできた。

「それがあなた、いくらお薬飲んでも、もう効きません。どうしても出ないんですよ。いくら出そうとしても、カチンカチンになってるんですから」

忽ち私は目が覚めたようになって、おばあさんの方へ向き直った。というのも何を隠そうこの私も長年の便秘症で、カチンカチン糞に悩む身だったからである。

「わかります、わかります、カチンカチン……兎のウンコみたいになるんでしょう？」

と身を乗り出した。

「そうなんですよ。兎の糞というか、柿の種のようなのもあるけれど」

「水気が吸収されてコロコロになったのがくっついてカチカチおにぎりになっている」

「そう、カチンカチンのコロコロ」

笑いもせずにいうと、おばあさんは席を立って私の隣りへ移った。

「それでねえ、わたしはホジるんですよ」

「ホジる！」

「そう、指で」

「指で！」

「そう、人さし指で……」

おばあさんはいった。

「ホジるのはね、たいへんなんですよ。今も朝からホジってきたんですけど、もうヘトヘトなの」

「ホジるのにも力がいるんですねえ」

「そりゃあいりますよ。この年になったら」

「そうでしょうねえ」

深く頷く。便器に坐ってテキが出てくるのを待つだけでも疲れるのだもの、よくよくわかる。

「浣腸はどうですか？」

「浣腸なんてあなた、効くものですか。イチヂク浣腸なんて、二本使ってもビクともしませんよ！」

憤然たる面もち。

「ほんとにねえ。秘結している時はどうしようもないですねえ」

「そうなの！」

と、会話に勢がついた。

「でもね、カチンカチンコロコロだから、ホジっても指になんにも……色もつかないのよ。臭いも……。どうかして床に落ちてもコトって音がして、うっかり蹴とばしたりしても転がるだけ。跡もつかない。キレイなものよ」

「おハジキが出来そうですねえ」

「そうそう、おハジキ。出来る、出来る……」

真剣に頷き、

「ほんと、出来ますよ！」

と声に力が入った時、受付から「佐藤さん」と名を呼ばれた。名残り惜しいが「お先に」と診察室に入り、出て来た時に丁度呼ばれたおばあさんとすれ違った。

「お大事にね」

と声をかけて別れたが、その後カチンカチンウンコはどうなっただろう。相変らずホジってはヘトヘトになっているのだろうか？　どうか神さま、あのおばあさんによいウンコを、と私は祈らずにはいられない。

そんな話を娘にすると、娘は呆れ顔でいった。

「初対面の人と、どうしてそんな話をするのよ！」

どうして、といわれても向うが始めたのだからしようがないのだ。私はただ「受けた」だけである、という。

「ほかに大勢患者さんがいるのに、どうしてよりにもよってそういう人と隣り合せになるんだろう――」

いや、初めは隣り合せではなかった。鉤の手になっている座席の向うとこっちに離れていた。それがいつか、向うから寄って来て隣り合う形になったのだ。

「お母さんにはなにか、変った人を惹き寄せるオーラがあるのよ」

と娘はいう。そういわれるとそうかもしれない。「相寄る魂」というか「類をもって聚《あつま》る」というか。いつだったかも同じ待合室で隣り合った人、「おばあさんとおばさんの中間」という趣の、大柄な上によく太っていて厚化粧、極彩色の花柄のブラウスを着て、年の見当がつかない人が、自分は高血圧と糖尿病でここへ来ているのだと聞きもしないのに話し出した。

「わたしは食べるのが好きでねえ、それが生甲斐なんですよ」

「はあ、そうですか」

例によって私はそういう。その無愛想な返事を気にもかけず、

「甘いものにはホント、目がないの。伊勢屋のお団子。あそこのはホントにおいしいからねえ。いっぺんにアンコ五本、みたらし五本は食べるんです」

「はあ、それではいっぺんに十本食べるわけですか？」

「そうなんですよォ」

と嬉しそうに勢づいて、

「お団子の次に好きなのは米《よね》屋の栗羊羹。あれなら一本は軽いわね。切るのは面倒くさいから丸ごとよ」

と自慢げにいう。羊羹丸ごと食べるのがなぜ自慢になるのかわからないが。

「それでは糖尿にはよくないんじゃありませんか？」

「そうなの、よくないの。でも食べちゃうの、アハハハ」

と高笑い。

「こちらの先生は知っていらっしゃるんですか、そのこと……」

「いうもんですか。いうわけないじゃないの、あなた……」

とだんだん馴れ馴れしくなる。

「でもお薬は飲んでるんですね？」

「そうそう、飲んでる……アハハハ」

さすがものに動じぬ私もこの高笑いには呆気にとられた。

「うちはね、食糧は何でも箱で買うんですよ、昨日は吉野家の牛丼を一箱買ったけど、あれはおいしくてねえ。おつゆが甘くて……大好き！……箱で買わないと追っつかないの。うちじゃ……」

——それでいてここへ来ているのはなぜです？　と訊こうかと思っていると、

「ここへ来ると、帰りに渋谷へ出てフランセで苺のケーキとコーヒーを飲むの。それが楽しみで、それで来る。そう決めてるの、アハハハ」

そこで彼女は名前を呼ばれ、「ハァーイ」と元気よく答えて診察室へ入って行った。さっきアハハハと笑った時の幸福そうな笑み皺を目もとに刻んで。

あの大食いさんの糖尿病はどうなっただろう？　相変らず伊勢屋のお団子を十本食べているのだろうか。それとも糖尿病が重くなって、もう食べるどころではなくなっていやしないか？　向うは待合室で隣り合った私のことなどとっくに忘れているだろうが私は忘れない。時々雑誌などから「心に残る人」「忘れ得ぬ人」というアンケートがくることがあるが、私の忘れ得ぬ人はこういう人たちなのである。

かつては毎週のようにテレビに出ていた時期もあったが、この頃はテレビには一切出ず、表立った仕事はしていない。その上に寄る年波に顔の相も変り果てたので、往来で声をかけられることもそれほどなくなった。それでも時々は「佐藤愛子さんではありませんか？」といわれることもあって、そんな時も私は応答に困り、

「はい、そうですが」

ぶっきらぼうな答になってしまう。

「佐藤さんではありませんか？」と呼びかけた以上、つづいて用件をいうのかと思うとべつに用件はないらしい。愛想笑いをして腰をかがめて行ってしまう人もいれば、

「いつも拝読しています」

という人もいる。向うさんは挨拶としてそういっているのであるから、ほんとに

読んでいるのかどうか、「いつも」とはどの程度の「いつも」だなどとムキになることもないのだが、だいたいが挨拶用言葉というか飾り言葉が苦手な私は、それだけのことでも返事に困るのだ。素直にありがとうといえばいいのよ、と友達はこともなげにいうが、（だから、一応そういうべく努力しているが）「通りいっぺん」の言葉にはどうしても馴染めないのである。

歌舞伎座のロビーを歩いていたら、向うから来た和服の女性から声をかけられた。

「あのう、佐藤……何トカさんじゃありませんか？」

私は立ち止ってニヤッと笑い、

「何トカさんじゃ、返事のしようがありませんね」

彼女は私の言葉を無視して、

「わたし、大好きなんです。いつも読んでます……」

とたんにマグマが快く噴出した。

「大好きなら名前くらい憶えて下さいよ！」

と上機嫌。

「あらァ……」

と彼女は半笑いの顔で向うへ行ってしまった。

普通なら名前のわからない相手には声をかけたりしないものだ。それをこの人は臆することなくかけてきた。相当に衝動的な人であり、更にいうなら正直だが考えなし、オッチョコチョイの気《け》がある。そこが私の琴線に触れたのだ。あなたの琴線って変ってるねえといわれるだろうが、そういう人間なのだから仕方がない。変りオーラの持主同士、惹き合っているのだろう。だからこの人も「心に残る人」になるのである。

礼儀を弁《わきま》えている人にとっては「失礼だ」と怒ることが、私の場合はそうならない。かと思うと想像もつかないところで怒り出すというわかりにくさが私にはある。

先日、ある女性誌から若い女性のインタビュアーが来た。

「今日は何をお話しするのですか？」

と訊く。彼女はいった。

「日本の女性も、いいたいことをどんどんいえるようになってほしいと思うんですけれども」

そう聞いただけで性急《せっかち》な私はつづいて何かいおうとするのを、遮《さえぎ》っていった。

「いいたいこと、いってるじゃないですか！　今の女の人たち……。今ほど日本の女がいいたいことをいっている時代はかつてありませんでしたよ。そのため男は萎縮し、ご亭主はいわれ放題で無力化、学校では教師がＰＴＡの母親にいいたいこといわれて往生してます。よその子供に注意でもしようものなら、母親がくってかかってくるし。これ以上、何をいおうというんですか」

「いえ、ですから、そんなくだらないことではなく、もっとちゃんとした……きちんとしたことを」

鳴動しつつあった私のマグマは一気に噴出した。

「そんなこといったってレベルが低いものはしようがないでしょう！」

と、間髪いれず、彼女はいった。

「出た！」

私は柳の下のユーレイか……。唖然として言葉なし。

察するに彼女の編集部ではこういうことをいっていたのだろう。

「気をつけろよ。佐藤愛子はうっかりしたことというとバシッとくるからね」

それで彼女は出るか出るかと思いながら「柳の下」にさしかかったのであろう。

いやァ、これは近来にない傑作だ。ついにこういう若手が登場してきたのだ、今。

この話をするとたいていの年輩者は、まっ、なんて失礼な人でしょうという。だが
シツレイもハツレイもない、私は面白ければいいのだ、許すのだ。すると人はいう。

「これが面白いの？　なぜ？　どこが面白いんです？」

「とにかく無邪気というか、正直というか」といいかけた後、私は説明に困る。

どうも私はわかりにくい人間らしいと思うのはこんな時だ。出来てきたインタビ
ューの原稿を読むたびに失望し、もどかしく思い、ああ、あれだけしゃべったのに

どうして私の本意がわからないのだろう。もう二度とインタビューには応じないぞ。断平断る！　と吠えていても、いざ依頼がくるとあっさり受けてしまうのはなぜか？

前記のような、こういう面白い人物が現れるかもしれないという好奇心が疼いてしまうのである。

私は面白中毒なのである。この中毒のためにエネルギーを消耗することも多々あるが、またそれによって大いに活性化されることもある。インタビュアーが帰った後、

「今日はいかがでした？」

と家の者がいう。

「ダメ。つまらなかった」

という時はインタビュアーが真面目で、頭がきれてそつがなく、礼儀を心得た人だった時なのである。

まだ死にそうにない

「十一月がくれば私は満六十七歳になる」という書き出しで、「我が老後」を書き始めたのは一九九〇年の夏からである。

その後「なんでこうなるの」「だからこうなるの」「そして、こうなった」をつづけて書いた。四本目の「そして、こうなった」の冒頭はこんなふうに書き出している。

「老後の身辺雑記『なんでこうなるの』を一年余り書き、その後『だからこうなるの』をまた一年余り書き、その後暫く休んでいた。

この次書く時は『そして、こうなった』というタイトルはどうだろう。『そして、こうなった』を一年くらい書いて、そしてある日、死ぬ。

そうなったら〝有終の美を全うした〟ことになりはしないか？」

そんな書き出しで始まり、二年ばかり書きつづけて、最終回にこう書いている。

「だが、私はまだ生きているではないか」と。

——そしてこうなった——死んだ……。

そうなれば面白いと思っていたのにべんべんと馬齢を重ね、そのうちよせばいいのに「それからどうなる？」などと未練がましく再登場して二年余り、その間原因不明の昏倒、入院騒ぎがあり、今まで血圧のケの字も頭になかった暮しが、ついに朝夕、数値をグラフにつけなければならぬ日々となり、愈々吾輩も一巻の終りか、それからどうなる……やっぱり死んだ。ということになるのかと、半ば期待しつつ、観念のマナコを閉じかけたこともあったが、しつこく生き延びてまだ死なない。

死ぬ死ぬといってるやつに限っていつまでも死なない、とよくいわれてきたが、初めのうちは励まし慰めのような響だったのが、この頃は「いうばっかりで実行しないじゃないか！」と怠け息子を叱る親父のようなニュアンスが籠っているような気がしてきた。

私の父は五十代六十代を大衆小説家として賑やかに生きた人間だが、齢七十を過ぎた頃、ある雑誌に「故佐藤紅緑」と書かれていた。そこで父はその雑誌の編集部に向けて、

亡き人の　数にも入りつ　年の暮

という句を書いて送ったのだが、相手からは何の沙汰もなく、父は「この頃の奴はしゃれっ気というものがわからん」といってがっかりしていた。普通なら死んだことにされた当人からの便りであるから、びっくり仰天してあたふたと謝りに来るところだろう。

「この無礼者の礼儀知らず！　俺は生きておるぞ！」

と正面から怒ってやれば謝ったのかもしれないが、「亡き人の数にも入りつ年の暮」と、老残の寂寥を籠めた皮肉の句はひょっとしたら「理解不能」だったのかもしれない。

ところてん　啜り終りて　罷り去る

これは亡父の「辞世の句として」という詞書《ことばがき》のついた句である。熱血の男であった父の生涯は沸騰する鍋の中のようだったのを、「ところてん啜り終りて」とうそぶいてみせたところに洒脱を好んだ父の面目がある。とはいうものの、現実の死が訪れてきた時の父には、とても「罷り去る」というような超俗洒脱の趣はなかった。父は忍び寄る死と格闘し、力尽きてある日屈伏した。

生きるのもたいへんだが、死ぬのはもっとたいへんだ——以来そういう思いが私の中に染みついて、年を追う毎に強まっている。死——。こればかりは予想がつかない。予想がつかないから対処法を考えておけない。風邪の用心は出来ても死の用心は出来ないのだ。当り前のことだが。

用心は出来ないが、せめて「馴れ親しんでおく」ことぐらいはしておいたほうがいいのではないか。「ところてん啜り終りて」というのは、死からまだ遠いところにいたからこそ出てきた文言であろう。この句を思いついた時、父は我と我が洒脱が気に入って、ホクホクして書き記したにちがいない。死について語れるうちは、死はまだ真近に来ていないのだろう。だから私も、「『そしてこうなった……死んだ……』そうなれば面白い」などといっていられるのであろう。

十年ばかり前のこと、かつて同級生だったSさんが亡くなった。Sさんは学校時代から抜けるような色白の姿のいい美人だったが、娘時代から若妻時代、中年になるほどにその色香はいや増して、やがて夫を亡くし熟年にさしかかっても尚容色の衰えは見えないという不思議なほどきれいな人だった。

「Sさんに会うとその場で必ず、

『きれいねえ……いつまでも……』

『若いねえ……なんであんなに若いのォ……』

と見るからにおバアサンになった私たちはいい合っていたのですが」

と親友のY子がSさんの死を報らせる手紙に書いていた。ある朝、電話のそばに倒れているのを、出勤して来た家政婦が見つけたのだ。Sさんと息子夫婦は「スープの冷めない距離」に住んでいたのだが、

「多分、夜中に苦しくなって、息子さんに電話をかけようとして倒れたのでしょう。嫁姑のいざこざを避けるのには、理想的な暮し方だと思っていたけれど、こういう最期を迎えるという落し穴があったんやねえ、とみんなでいい合ったことでした。いがみ合ったり、遠慮したり、愚痴をこぼしたりしていても、最期は家族に看取られて死ぬのがいいか、どっちがいいやろうと考えてしまいます。こんなことをいうと、アイちゃんはきっと、『そんなもん、考えたってしゃァないやン、なるようになるねん』というでしょうけど。ごめん、つまらんこといって」

さすがに親友だけあって、よくわかっている。ああした方がよかったか、こうした方がよかったのではないかなどと、事が終った後で評定するのがなぜか女は好き

だ。事あるごとにそうすることによって、後々の参考にするという利点があるのよ、ということだが、私の見たところではあまり参考になっている様子はない。あの時、夫の浮気くらいで別れたりせずに我慢した方がよかったか、スッパリ別れた方がよかったか、と後になって考えたところで仕方がない。金を貸さない方がよかったか、貸した方がよかったか。返ってこない場合は貸さない方がよかったということになるかもしれないが、金は返ってこなかったけれども、子供の代になって思いもよらぬ恩返しがあった、ということになれば「貸してよかった、やっぱり困っている人は助けなければ」ということになる。借りて行った人がどうやらこの頃、羽ぶりがいいと聞く。にもかかわらず、いつまで経っても知らんぷりをしている。すると、「だ、か、ら、」と力を籠めて「金はゼ、ッ、タ、イ、貸すものじゃない」と叫ぶことになる。

いつまでもこの世を生きつづけていれば、だいたいの答は出るかもしれないが、私なんぞ沈むかと思えば浮き上り、浮き上ったかと思えば沈むという人生をやり過してきた者には、「沈まなければ浮かなかった。浮かなければ沈まなかった。そんなもん、考えたってしようがないがな」という心境になるのである。これを達観というか諦観というかはよくわからないが。

煩瑣を避けて一人暮しの孤独死がいいか、煩瑣に耐える代りに最期は見送られてあの世に行くか、考えるのも面倒くさい。煩瑣に耐え、我慢に我慢を重ねていても、いや、我慢すればするほど甘く見られて孤独死同然という死目になるかもしれないのである。

早い話が我が家は二世帯住宅で娘夫婦と孫一人が二階にいる。階下は私一人である。

「いいわねえ、羨ましいわねえ、おヨメさんじゃなくて実の娘だもの。病気になっても安心ね」

といってくれる人がいるが、そんな時私は、

「ン、まァネ……」

としかいえない。確かにメマイで倒れた時など、娘は看病してくれた。しかし上と下にいるといっても平素はそう頻繁に行き来しているわけではないから、いざという時に間に合うかどうかはわからない。毎朝、「お母さま、おはようございます」とご機嫌伺いにやって来るような殊勝な娘ではないのだ。用があればやって来るし、なければ来ない。何かの時はコレを鳴らしてね、と首から懸けるブザーのようなものを持って来たが、そんなもの、迷子じゃあるまいし、この大佐藤が懸けていられるか、という気分でどこかへやってしまった。普段から大佐藤大佐藤といって威張っているものだから、娘の方もはっきりブッ倒れでもしない限り心配しないのである。

だがそんな私だって、お風呂に入っている時など、しみじみ思うことがある。血圧の高い人は熱いお風呂に入ってはいけないといわれているが、私は熱い湯が好きである。（そのためぬる湯好きの孫とは一緒に入れない）

熱い湯に浸りながら思う。

――今ここで血管のプッツンがきたら……と。

私は浴槽の中で動きがとれず、そんな時叫べるかどうかわからないが、叫べたところで声は二階に届かない。意識がどの程度あるのかもわからないが、あるとしたらさぞやあせることだろう。あの首にかけるブザーを捨てたりしなければよかったとか、いやしかし今は裸だから、たとえブザーを持っていたとしても脱衣籠の中だ……どうしよう、どうなる……とあせりにあせっている折から、二階からは（こっちの浴室の上は向うも浴室）孫が、

「あっ！　お湯入れ過ぎたァ」

「だから、気をつけてよっていったじゃないの！」

と叱られているのが聞える。

こんな時、初めから一人暮しの人であれば、いざという時の覚悟というものが出来ているから、慌てず騒がず、運を天に委せることが出来るだろう。上に娘や孫がいると思うと、「なにが二世帯住宅は羨ましいだ！」と憤りつつ息絶え、憤死だか

らものすごい形相になっている。そのまま日が経ち、何日目かに、

「そういえばおばあちゃん、この頃静かだねえ、見ておいで」

ということになって孫が降りて来て捜し廻り、浴室を覗いてギョッとする。声も出ない。私の死骸は浴槽に浮いたまま（それとも沈んでいる？）ブヨブヨになって、色は……どんな色か？　ドドメ色とはどんな色かと前から思っていたが、もしかしたらそういう色かもしれない。なに、そこまで細かく考える必要はないのだろうが、とにかくその私めの異相は孫の脳裏に灼きついて、彼女の生涯の障りになるのではないか……。

私ももの書きの端くれ、想像は次から次へと広がって、やがて通夜、葬式の場へと行きつく。そこで語られるであろう私の死にざま。

「なんでも普通の死にざまではなかったようよ」

「お風呂に浮かんだまま、何日もそのままだったんだって」

というあたりは仕方がないとしても、かねてより私を忌々しい奴と思っているメ

ディアの男女が右往左往して面白半分、だんだん話は大きくなることは火を見るよりも明らかだ。

第一発見者は孫だというので、週刊誌が孫を追いかける。

「……で、その時、おばあちゃんはどんなふうだった？」

孫は機嫌とりに貰ったみたらし団子の串を横くわえに引きながら、

「ものすごかった……」

「ものすごいって？　どんなの？　お岩さんみたいなの？」

「うん」

私に似て面倒くさがりなのでいい加減に答える。べつに劇薬を被ったんじゃないんだから、お岩さんとは違うだろう、バカ、正確にいえ、といいたいが、死んでいる身だから何もいえない。

やがて、どうも佐藤愛子は成仏していないらしい、という噂が出廻る。夜（風呂で死んだ時間）になると、何ともいえない怒りの籠った呻き声が浴室に響きわたるというのである。そしてそれを録音するべくテレビ局がマイクを仕掛けるやら、監視カメラをつけるやら……。

……と妄想はどこまでも広がって、いっそ楽しくなってくるのである。

要するに私がいいたいのは一人暮しがいいか、二世帯住宅がいいかなど考えてもしようがない。どっちにしても、「毅然たる覚悟」を固めておくことが大事だということである。死は唐突にやってきて、否も応もなく命を淩《さら》っていくのだ。残された者があれこれ取沙汰して、「思えば力いっぱい生き抜いて満足だったと思いますよ」とか「よく頑張ったものねえ。あの頑張りは真似出来ません」など褒めたり同情したりしているが、そのうち、「生きてる時はうるさかったけど、いなくなられると寂しくなったねえ」から「しかしあの気の強いのはマイったたねえ」になり、次第に遠慮が取れていって、それまで黙っていた人が中心になったりして、悪口大会が盛り上る。

しかし「それが人の世の常である」ということも覚悟していれば、これまたどうということはないのである。

「死んでしまえば　それまでよ
死なないうちが　花なのよォ」

と私は歌う。これは私の兄サトウハチローが若い時に作った「麗人の唄」で本来の歌詞は、

「知ってしまえば　それまでよ
知らないうちが　花なのよ」

という。（これは父紅緑の新聞小説「麗人」が映画化された時の主題歌として兄が作ったもので、父は、「なにが知ってしまえばそれまでよだ！　くだらん！」といって怒っていた）

ところで、そうだ、話はまだ終っていない。どうも年寄りというものは、話し出したことから脇道へ入り、脇道から枝道小道へとさまよい歩いて、なかなか本題に

戻らない癖があるとよくいわれている。かつては率先してそういっていた私が、気がつくと「私の行く先はどこ？」まさしく老化の人になっているではないか。そこで軌道修正をするために少し考える。えーと、最初は何をいおうとしていたのだっけ？

そうだ、私は旧友Y子からSさんの死を知らされた時のことを書いていたのだった。Y子の手紙には追伸があった。その内容はこうだ。Sさんの葬儀に集った数人の旧友たちは、最期のお別れをするべくSさんの死顔を蔽っていた白布を外し、途端に息を呑んだ。あの若々しかったSさん、幾つになっても美しいと評判の高かったSさんとは似ても似つかぬ黄土色のしなびた顔がそこにあったのだという。

しかしぐっと怺《こら》えてびっくり仰天した様子を抑え、神妙に拝んで退出したのだが、その帰途立ち寄った喫茶店でたまらず一人が、

「あのSさんの顔……」

と切り出したのがきっかけで、ほんと、ほんと、びっくりしたわねえ、別の人か

と思ったわ、私も、私も、とみんな口々にいい立てたという。

「つまり、Sさんには死化粧というものがされてなかったということに落ちついたんですけど、そして結論は『おヨメさんが悪い』ということになりました。亡くなった姑に死化粧をするのは普通、娘か、嫁か、身内の女性です。Sさんには娘さんがいないから、二人の息子さんのお嫁さんがしなければならないことでしょう。

きっとお嫁さんは意地悪《イケズ》なんや、とみんなでいい合いました。仕返しの気持があったのかもしれへんね、なんてことをいった人もいます。だとすると一概におヨメさんがイケズとはいい切れず、Sさんの方もああ見えてにくらしい姑だったのかも。

『心得ごとやわね』

といい合って私たちは別れたのでした。これからはヨメに優しくしなければ、と思ったりしています。アイちゃんも響子ちゃん（私の娘の名）によくいっておいた方がいいですよ。死化粧のこと」

それにしてもSさんはほんとに上手に化けていたんだな、と私は思う。念に念を入れた化粧と物腰で。たいしたものだと改めて感心するが、しかし、死んでしまえばそれまでよだ。人がびっくりしようがするまいが、もうそんなこと、どうだっていいのだ。いつまでも美しかったこと、若々しかったことを、Sさんは人々の心にいつまでも止《とど》めておきたかったでしょうに、とY子は書いているが、私は思う。

――それがナンボのもんじゃい、と。

いつかはすべて忘れ去られ消え去るのだ。

ああ思いこう思い、あっちに配慮し、こっちに気を兼ね、人の取沙汰ばかり気にしてそれがこの世を円滑にするルール、良識というものだと教えられて、ありのままの自分を出せずに生きつづけたのだ。せめて死んだ時くらい、ありのままの姿になってもいいじゃないか。人頼みで最期の姿までとり繕う必要はない――とり繕ったって、しようがない。私はそう思い決めた。

老醜を晒すというよりもいっそ八十すぎたら生きたままガイコツになるという手はないものか。白布を取ったらガイコツが目を剝いている。いや、ガイコツには目がないから剝くわけにはいかない。つまり、目と鼻三つの穴ボコが虚ろに見返している——そうなれば死化粧もヘッタクレもないではないか。人の死とはそういうものだ。

そんな返事を書いて出したらY子から怒ったような葉書がきた。

「それは痩せ我慢ですか。負け惜しみですか？　でもそんなことをいうのはあなたが元気な証拠だと思って、喜ぶことにします。まだまだ死にそうにないわね、アイ公」

実をいうと私は女学生時代、アイちゃんではなくアイ公と呼ばれていたのだ。大《でえ》工《く》のクマ公、魚屋のハチ公と呼ぶように。

嬉しや。いまだにその呼称で呼んでくれる友がいるとは。思わず私は口ずさむ。

「アイ公と呼ばれるうちが　花なのよ……」

本作品はすべて「オール讀物」に掲載されました。
掲載号は左記の通りです。
平成十四年二月号〜三月号、六月号〜十月号、
平成十五年三月号〜五月号、七月号〜八月号、
十月号〜十二月号、平成十六年一月号〜四月号

佐藤愛子

大正十二年大阪に生まれる。甲南高女卒業。昭和四十四年、「戦いすんで日が暮れて」で第61回直木賞を、昭和五十四年「幸福の絵」で女流文学賞を受賞。ユーモアあふれる世相諷刺と人生の哀歓を描く小説及びエッセイは多くの読者の心をつかむ。父は、作家・佐藤紅緑、詩人サトウハチローは異母兄である。平成十二年、十二年の歳月をかけ、佐藤一族の荒ぶる血を描ききった大河小説「血脈」で第48回菊池寛賞を受賞。

それからどうなる
—我《わ》が老後《ろうご》—

平成十六年八月三十日　第一刷

著者　佐《さ》藤《とう》愛《あい》子《こ》
発行者　白幡光明
発行所　株式会社　文藝春秋
東京都千代田区紀尾井町三―二三
電話（〇三）三二六五―一二一一
〒一〇二―八〇〇八
印刷　凸版印刷
製本　矢嶋製本

Printed in Japan　ISBN4-16-366160-3

佐藤愛子の本

読めば元気百倍！　眼にやさしい大きな活字

大好評〈我が老後〉シリーズ

我が老後　☆1050円　★420円

なんでこうなるの　☆1121円　★460円

だからこうなるの　☆1150円　★450円

そして、こうなった　☆1150円　★470円

☆＝ハードカバー、★＝文春文庫の定価（本体価格＋税）です

文藝春秋刊